Mariage interdit

2

Œuvre originale
Chun Ji Hye

Dessin
SANCHAEK

KBOOKS

SOMMAIRE

CHAPITRE 17

VOUS SAVIEZ MIEUX QUE QUICONQUE QUE SI VOUS ME QUITTIEZ...
ALORS POURQUOI M'AVEZ-VOUS LAISSÉ ?
JE SERAIS ANÉANTI.
EN UN INSTANT, SORANG...
EN EUT LA CERTITUDE.
LES GENS ONT TORT.

LA PRINCESSE NE S'EST PAS DONNÉ LA MORT.
PERSONNE N'AURAIT JAMAIS PU ABANDONNER QUELQU'UN COMME LUI.
ALORS ÇA VEUT DIRE QUE…
QUELQU'UN D'AUTRE A PROVOQUÉ CET INCIDENT ?!
COMME POUR MOI CE JOUR-LÀ !
GNN
PRINCESSE ! QUE VOUS ARRIVE-T-IL ?
VOUS N'AVEZ PAS L'AIR BIEN ! DITES QUELQUE CHOSE !

NON.
JE NE PEUX PAS MENTIR LÀ-DESSUS !
JE... DOIS... VOUS LAISSER...
FTT
COMMENT ? NON ! VOUS VENEZ À PEINE D'ARRIVER !
JE REFUSE !
RESTEZ ENCORE UN PEU !
LE TEMPS DANS LE CORPS D'UNE PERSONNE EST LIMITÉ...
PRINCESSE !
ENLACE

VOUS... M'AVEZ CHANGÉ.
CE JEUNE HOMME, PUÉRIL ET ORGUEIL-LEUX...
VOUS LUI AVEZ MONTRÉ LE CHEMIN DE LA MATURITÉ.
VOUS ÊTES MON PROFESSEUR, MON AMIE, MA FEMME...

JE VOUS EN SUIS TELLEMENT RECONNAISSANT.
ALORS, POURQUOI M'AVOIR QUITTÉ SOUDAINEMENT ?
JE SUIS TOMBÉ ÉPERDUMENT AMOUREUX DE VOUS.
NE PARTEZ PAS…
NE PARS PAS, JAYEON.
NE PARS PAS…

LE ROI...
IL PLEURE ...
TREMBLE.
NON.
...
FFT
SST

ELLE EST PARTIE.
JE VOIS.
ELLE EST PARTIE SANS ENCOMBRE ?
OUI.

D'ACCORD.
JE SUIS FATIGUÉ...
...
SORANG.
OUI ?
RESTE PRÈS DE MOI JUSQU'À CE QUE JE M'ENDORME.
AUJOURD'HUI...
TU N'AS PAS À ME RACONTER D'HISTOIRE.

VOUS SOUHAITEZ JUSTE...
RESSENTIR L'AURA DE LA PRINCESSE ?
C'EST POUR ÇA QUE VOUS GARDEZ PRÈS DE VOUS LE SUBSTITUT DE VOTRE FEMME ?

...
PFF
RESSAISIS-TOI, YE SORANG.
LES ACTES ET LES LARMES DU ROI ÉTAIENT DESTINÉS À LA PRINCESSE.
GRIP
NE TE FAIS PAS DES IDÉES.
ET PUIS, LA VÉRITÉ AU SUJET DE LA PRINCESSE… EST QUELQUE CHOSE D'EXTRÊMEMENT DIFFICILE À SUPPORTER.
C'EST DE PLUS EN PLUS DANGEREUX !
J'AI L'IMPRESSION DE COMMETTRE UN CRIME CHAQUE JOUR.
MAIS JE FAIS TOUT ÇA POUR VIVRE.
GNIP

JE DOIS SURVIVRE, COÛTE QUE COÛTE !
JE VAIS TROUVER UN NOUVEAU PLAN !

MAJESTÉ.
JE VAIS RACCOMPAGNER MADEMOISELLE SORANG.
FIN DE SES CINQ JOURS DE TRAVAIL
JE REVIENS DANS DEUX JOURS...
PAS LA PEINE DE LE DIRE.
TU PEUX Y ALLER.
BIEN, MAJESTÉ.
VOYEZ-VOUS ÇA. C'EST PAS LUI QUI PLEURAIT IL Y A PEU ?
ET VOILÀ QU'IL FEINT L'INDIFFÉRENCE !
...

SEIGNEUR SINWON !
QUE DIRIEZ-VOUS D'ALLER ADMIRER LA LUNE ?
SURPRIS
COMMENT ?
À UNE HEURE AUSSI TARDIVE ?
PARCE QU'ON PEUT ADMIRER LA LUNE EN PLEINE JOURNÉE ?
ALLONS ! JE VAIS VOUS OFFRIR UN VERRE.
ET PUIS, J'AI QUELQUE CHOSE À VOUS DIRE.
?

WOUAH ! QUEL ENDROIT MAGNIFIQUE !
COMMENT AVEZ-VOUS DÉCOUVERT UN LIEU AUSSI MAGIQUE ?!
MON MAÎTRE AIME L'ART ET CE QUI EST BEAU. IL ADORE VENIR ICI.
MAIS BIEN SÛR !
C'EST ICI QUE VOUS EMMENEZ LES DEMOISELLES QUE VOUS VOULEZ SÉDUIRE, N'EST-CE PAS ?
PAS… LE MOINS DU MONDE.
SINON… CE QUE VOUS VOULIEZ ME DIRE…
SEIGNEUR…

ET SI…
WOUUUUSH
NOUS DEVENIONS AMIS ?
?!
ON POURRAIT SE TUTOYER.
!!
L'NSPECTEUR SINWON EST L'HOMME LE PLUS PROCHE DU ROI…
SI JE DEVIENS SON AMIE…
IL POURRA M'AIDER EN CAS DE SOUCI !

Mariage interdit

CHAPITRE 18

AH…
NOUS NE POUVONS PAS NOUS TUTOYER…
SHAAAAA
ET… ET PUIS, UNE AMITIÉ ENTRE EN HOMME ET UNE FEMME… C'EST…
IM…
IMPOSSIBLE.
TU M'AS POURTANT TUTOYÉE QUAND J'ÉTAIS EN PRISON !
FWIP
?
POURQUOI EST-CE QU'IL ROUGIT ?
ALORS, CE N'EST PAS POSSIBLE ?
C'EST VRAI QUE JE SUIS D'UN RANG BIEN INFÉRIEUR AU VÔTRE.
FFT
ET PLUS JEUNE, AUSSI.
ET PAR-DESSUS TOUT, JE SUIS UNE FEMME…
NOUS NE POURRONS JAMAIS DEVENIR AMIS, N'EST-CE PAS ?

BOBOUM
MAIS… NOUS DEVRIONS VOIR LA SITUATION SOUS UN AUTRE ANGLE.
N'AVONS-NOUS PAS UN POINT COMMUN, TOUS LES DEUX ?
NOUS AVONS UNE MISSION SECRÈTE…
POUR SERVIR LE SOUVERAIN DE CE PAYS.
NE SOMMES-NOUS DONC PAS DANS LE MÊME BATEAU ?
IL NE DEVRAIT DONC Y AVOIR AUCUN PROBLÈME…

POUR QUE NOUS DEVENIONS AMIS ?
HÉ HÉ
AH…
AH BON ?
HUM
JE L'AI EU !
YEAH !
CE N'EST PAS FACILE DE FAIRE FLANCHER UNE TÊTE DE MULE COMME LUI MAIS…
CE N'EST PAS… FAUX…
JE DOIS COMMENCER PAR LE FAIRE ADHÉRER À CETTE IDÉE…

ET L'EMPÊCHER DE FAIRE MARCHE ARRIÈRE EN JOUANT SUR SON SENS DES RESPONSABILITÉS.
PAS BESOIN DE DON POUR COMPRENDRE SA FAÇON DE PENSER.
DÉSOLÉE, MONSIEUR L'INSPECTEUR.
J'AI BESOIN QUE VOUS SOYEZ DE MON CÔTÉ !
JE SERAI TRÈS GENTILLE AVEC VOUS.
BON ! ON EST AMIS, DU COUP ?
ALORS ON PEUT SE TUTOYER QUAND ON EST SEULS ?
HÉ HÉ
APPELLE-MOI SORANG.
BOBOUM
!
OK ? SINWON ?
BLUSH
MLLE SORANG... JE NE SUIS PAS PRÊT ...
MADEMOI-SELLE ?!
STAP
MOI!!!!!!! ?!

TCHAK
ALORS ?
WOUSH
...
ENCORE ...
CE PARFUM DE FLEUR DE PÊCHE...
SHAAAAA

LE MÊME QUE LE JOUR OÙ JE L'AI ARRÊTÉE POUR FRAUDE…
NON…
C'EST UN PARFUM BEAUCOUP PLUS ANCIEN…

SORANG...
YE SORANG...
PARFAIT !
TU VOIS QUE C'EST PAS SI DUR.
HI HI

BON. ON VA FÊTER ÇA AVEC UN PETIT VERRE.
AMIS UN JOUR, AMIS TOUJOURS, HEIN ?
FAUDRA PAS M'ARRÊTER PLUS TARD PARCE QUE JE SUIS SUSPECTE, HEIN ?
BON ! ET SI ON SE RACONTAIT NOS PETITES HISTOIRES ?
PAF
EST-CE QUE PAR LE PASSÉ...
OUI ? QUOI "PAR LE PASSÉ" ?
VOUS AVEZ ÉTÉ FIANCÉE ?
STOP
TAP
TAP
TAP

FFT
LE MINISTRE DU PERSONNEL YE HYEONHO...
NON.
AURAIS-TU UN LIEN AVEC LUI ?
AURIEZ-VOUS UN LIEN...
SERRE
DIS-MOI...
QUE FAISAIS-TU, IL Y A SEPT ANS ?

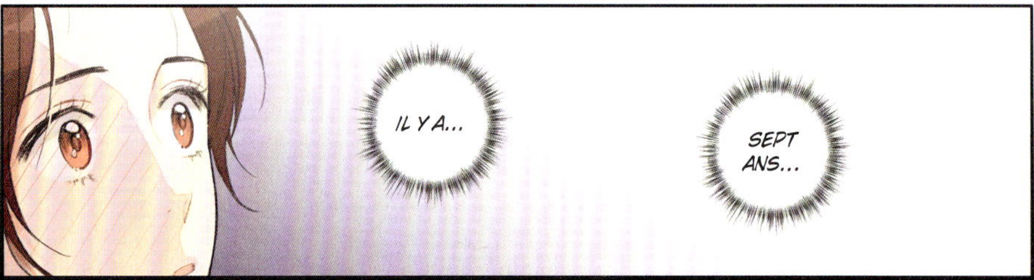
IL Y A...
SEPT ANS...

SEPT ANS PLUS TÔT...
L'INTERDICTION DE MARIAGE N'ÉTAIT PAS ENCORE ENTRÉE EN VIGUEUR.
MADEMOISELLE !
MADEMOISELLE !!

MADEMOISELLE ! NE COUREZ PAS !
TA DAP-
VOTRE CAPE VA S'ENVOLER !
VIOUSH
HALÈTE
HALÈTE
C'EST PLUTÔT À TOI DE TE DÉPÊCHER !
C'EST LE SEUL JOUR OÙ JE PEUX SORTIR GRÂCE AUX PRÉPARATIFS DU MARIAGE !
YE HYEONSEON, 17 ANS. FILLE AÎNÉE DU MINISTRE DU PERSONNEL, YE HYEONHO.
IL PARAÎT QU'IL Y A UN DEVIN MARITAL EXTRAORDINAIRE SUR LA PLACE. JE VEUX LE VOIR.
COMMENT ? POURQUOI FAIRE ? VOUS ALLEZ VOUS MARIER LA SEMAINE PROCHAINE !
TU ME POSES VRAIMENT LA QUESTION ?!
JE DOIS LE QUESTIONNER SUR MON AVENIR !
ET AUSSI SUR CELUI DE MON FUTUR ÉPOUX !

ALORS ? JE VAIS ME MARIER CETTE ANNÉE OU PAS ?
BLA
BLA
ÇA DOIT ÊTRE LÀ !
JE VOUS L'AI DIT, NON ? VOUS NE VOUS MARIEREZ NI CETTE ANNÉE NI LA PROCHAINE.
ZIOUP
ZIOUP
COMMENT ? VOUS CONNAISSEZ MON ÂGE ?
MONSIEUR LE DEVIN ! ET MOI ? ET MOI ?
ET MON FILS AÎNÉ ?
PAREIL POUR VOUS.
NON, NON.

VOUS N'ARRÊTEZ PAS DE DIRE NON À TOUT LE MONDE DEPUIS TOUT À L'HEURE !
VOUS VOUS JOUEZ DE NOUS ?!
TCHAK
JE NE FAIS QUE DIRE CE QUE JE VOIS, QUE VOULEZ-VOUS ?
CELA NE VOUS CONCERNE PAS SEULEMENT VOUS...
TOUS LES JEUNES DE JOSEON...
NE POURRONT PAS SE MARIER POUR LES SEPT ANNÉES À VENIR.
QU'EST-CE QUE C'EST QUE CETTE HISTOIRE ?
JE ME MARIE LA SEMAINE PROCHAINE !
MADEMOISELLE ! DEVANT TOUS CES GENS...

LA SEMAINE PROCHAINE... LA SEMAINE PROCHAINE...
TAC
TAC
EST-CE POUR CELA QUE VOTRE DOMESTIQUE PORTE VOS CHAUSSURES DE MARIAGE ?
MON DIEU !
MADEMOISELLE ! IL A RÉUSSI À VOIR À TRAVERS LE TISSU. CE N'EST PAS UN CHARLATAN !
BLA
HEIN ? IL A VU JUSTE ?
EH BIEN ! IL EST DOUÉ.
BLA
...
SI C'EST LA SEMAINE PROCHAINE, VOUS Y ARRIVEREZ PEUT-ÊTRE.
DONNEZ-MOI VOS DATES DE NAISSANCE.
...
TENEZ. CE SONT LES DATES DE NAISSANCE DE MON FUTUR MARI ET DE MOI-MÊME.
VOYONS VOIR...

HEIN ?
EST-CE VRAIMENT LA VÔTRE ?
?
OUI...
VOUS AVEZ UNE BONNE COMPATIBILITÉ.
CET HOMME POURRAIT TOUT DONNER POUR VOUS.
VRAIMENT ?
RAVIE
MAIS...
VOUS SOUFFREZ D'UNE MALCHANCE EXTRÊME ET VOTRE LIEN EN EST TROUBLÉ.
VOTRE UNION SERA DIFFICILE.
?!
- LA CRISE DE GAEYI -
SCHLACK
ÉPÉE
EUH... J'AI DIT ÇA À CAUSE DE VOTRE COMPATIBILITÉ ASTRALE...
HO HO ! SIRE DES SAULES, VOUS ÊTES PLUS COLÉRI... NON, CHARMANT QUE VOUS N' EN AVEZ L'AIR...

CHAPITRE 19

VOUS SAVEZ, VOTRE UNION N'AURA PAS LIEU LA SEMAINE PROCHAINE.
PEUT-ÊTRE QUE VOUS POURREZ RENOUER VOS LIENS DANS L'AVENIR MAIS…
JE PENSE QUE VOUS DEVRIEZ D'ABORD VOUS ENTRETENIR AVEC MOI.
J'AI QUELQUE CHOSE À VOUS DIRE…
NON MAIS ! VOUS ÊTES LE ROI DES CHARLATANS !
GRR
JE VOIS CLAIREMENT DANS VOTRE JEU !
VOUS COMMENCEZ PAR ME FAIRE PEUR, PUIS VOUS ME VENDRE UNE DE VOS AMULETTES POUR CONJURER LE MAUVAIS SORT OU JE NE SAIS QUOI !
VOUS AVEZ PEUT-ÊTRE BESOIN D'ARGENT, MAIS IL Y A DES LIMITES !
VOUS ALLEZ VOIR ! JE ME MARIERAI LA SEMAINE PROCHAINE !
FWIP
ATTENDEZ !
QUELLE PERTE DE TEMPS. ALLONS-Y !
ATTENDEZ, MADEMOISELLE !
NE METTEZ PAS CES CHAUSSURES DE MARIAGE !

JETEZ-LES !
VOUS FERIEZ BIEN DE RENONCER À LES PORTER !
ÇA DOIT ÊTRE UN CHARLATAN.
BLA
BROUHAHAHA
QU'EST-CE QUE C'EST QUE CES ÂNERIES D'INTERDICTION DE MARIAGE ?
...
MES AFFAIRES SONT RUINÉES POUR AUJOURD'HUI.
LA PAUVRE.
RLL
RLL
ON PEUT BIEN TOUT NIER ET FUIR...
MAIS ON NE PEUT PAS CHANGER LES INTENTIONS DIVINES...

MÊME UNE JEUNE NOBLE AU DESTIN INCROYABLE COMME CETTE DEMOISELLE...
SERA AFFECTÉE PAR LE MALHEUR QUI BOULEVERSERA LE PAYS TOUT ENTIER...
MÊME SI ELLE SE PRESSE DE SES PETITES JAMBES...
ELLE NE POURRA PAS Y ÉCHAPPER...
PLOUF

*NDE : Gangneung est une ville de Corée du Sud située près de la mer de l'Est dans la province de Gangwon.

TAP
VOUS ÊTES TOUJOURS...
SI ATTENTIONNÉE ENVERS LE PEUPLE.
VOUS M'AVEZ SORTI DE MES LIVRES POUR M'EN APPRENDRE PLUS SUR LE MONDE RÉEL.
TAP
TAP
NE VOUS INQUIÉTEZ PAS. BEAUCOUP DE GENS SONT CONTRE VOUS POUR LE MOMENT MAIS...
UNE FOIS QUE JE SERAI ROI, JE VOUS SERAI D'UN GRAND SOUTIEN.
ALORS...
RESTEZ À MES CÔTÉS POUR LONGTEMPS.
VOUS ME LE PROMETTEZ ?

FFT
VOTRE ALTESSE...

PORTEZ-VOUS BIEN.
?
VOTRE ALTESSE. IL EST L'HEURE D'Y ALLER.
PRINCESSE, S'EST-IL PASSÉ QUELQUE...?
ALLEZ-Y, PRINCE.
LES AFFAIRES DE L'ÉTAT PASSENT AVANT TOUT.
VOUS LE SAVEZ, NON ?

...
JE REVIENDRAI VOUS VOIR.
TAP
TAP
TAP
...

SOURIT
PRINCE.
J'AI QUITTÉ LES TERRES LOINTAINES DE GANGNEUNG POUR VENIR SEULE AU PALAIS.
JE VOUS SUIS D'UNE RECONNAISSANCE EXTRÊME DE ME CHÉRIR ET DE M'AIMER COMME VOUS LE FAITES.
MAIS PLUS NOUS NOUS SOUTENONS...
PLUS LA MÉFIANCE ET L'HOSTILITÉ À MON ÉGARD...
SONT DIFFICILES À SUPPORTER.

J'AI PEUR, VOTRE ALTESSE.
J'AI L'IMPRESSION QUE JE VAIS DEVOIR VOUS QUITTER…
ET CELA ME TERRIFIE.
CONTRAIREMENT À LA MER DE GANGNEUNG…
L'ÉTANG DU PALAIS EST CALME.

CETTE EAU QUI DORT...
SE TROUBLERA DE L'INTÉRIEUR...
TADAP!

BLA
BLA
DOUCEMENT
DOUCEMENT
QUE FAIT DONC ICI UNE FILLE QUI VA BIENTÔT SE MARIER ?
SURPRISE
FWIP
MADAME SEO…
EUH, NON…
BELLE-MÈRE.
SECONDE FEMME DE SIRE YE, SEO UNJEONG
FILLE DE Mme SEO ET DEMI-SŒUR, YE HYEONHEE

TU FAIS ÇA CAR TU SAIS QUE SON EXCELLENCE EST ALITÉE PAR SOUCI DE SANTÉ !
TU VEUX QU'IL Y AIT DES RUMEURS SUR TON ESPRIT VOLAGE DANS TOUT LE QUARTIER ?
VOUS...
NE M'AVEZ PAS DEMANDÉ MON AVIS QUANT À CE MARIAGE ALORS JE N'AVAIS PAS LE CHOIX.
PFF
...
TU N'AS PAS L'AIR DE COMPRENDRE TA FAUTE.
AEWOL. DÉPÊCHE-TOI D'AMENER CETTE PETITE DANS SA CHAMBRE.
ET JETTE DONC TOUTES SES CHAUSSURES.
?!
JE NE PEUX PAS LA LAISSER DÉSHONORER NOTRE FAMILLE.
QU'ELLE NE SORTE PLUS DE SA CHAMBRE JUSQU'AU MARIAGE.
TAP
TAP
NE FAIS PAS HONTE À TA DÉFUNTE MÈRE.

ZIEUTE
...
MADEMOISELLE !
QUE FAIRE ? COMMENT OSE-T-ELLE VOUS DIRE CELA ALORS QU'ELLE VOUS MARIE.
ELLE ABUSE...
CE N'EST RIEN.
OBÉIS-LUI.
JE VAIS BIENTÔT POUVOIR QUITTER CET ENDROIT.
IL NE ME RESTE QUE QUELQUES JOURS À TENIR.
FWIP

- LA TAILLE NE LUI IRA PAS... -

CHAPITRE 20

JEUNE MAÎTRE… JE NE PENSE PAS QUE CE SOIT UNE BONNE IDÉE.
UN FUTUR MARIÉ NE DEVRAIT PAS SE FAIRE PASSER POUR UN EMPLOYÉ POUR S'INFILTRER CHEZ SA PROMISE.
JE VAIS JUSTE JETER UN PETIT COUP D'ŒIL.
NE T'INQUIÈTE PAS, LE VIEUX.
ELLE SERA SÛREMENT TRÈS GÊNÉE DE SE RENDRE SEULE DANS UNE MAISON QU'ELLE NE CONNAÎT PAS.
C'EST POUR ÇA QUE JE VEUX VOIR À QUOI ELLE RESSEMBLE. ET FAIRE EN SORTE QU'ELLE S'HABITUE À L'ENDROIT.
VOTRE FAMILLE EST CONNUE DANS LE QUARTIER POUR ÊTRE AIMANTE, JE NE PENSE PAS QU'ELLE S'INQUIÈTE…
PAR OÙ…? JE CROIS QU'ELLE EST PARTIE PAR LÀ…
FWIP
FWIP
CE NE SONT QUE DES EXCUSES.
FLAF
HEIN ?
D'OÙ VIENT…
CETTE ODEUR DE FLEUR DE PÊCHE ?

BOBOUM
VIOUSH
TROUVÉE !
MADEMOISELLE HYEONSEON, JE VOUS RESSERS ?
OUI.
TU PEUX VERSER LA JARRE ENTIÈRE.
BOUM
BOUM
C'EST ELLE.
BOBOUM
ELLE BOIT SON THÉ À LA LUEUR DE LA LUNE... QUELLE PERSONNE RAFFINÉE !
NON. C'EST DE L'ALCOOL.
MADEMOISELLE, VOULEZ VOUS UNE GALETTE DE KIMCHI AVEC ?
NON. JE DOIS METTRE MON AUDACE À L'ÉPREUVE, PAR UNE NUIT PAREILLE.

ALORS JE VAIS VRAIMENT ME MARIER…
CELA VOUS INQUIÈTE-T-IL DE PARTIR CHEZ VOTRE BELLE-FAMILLE ?
UN PEU.
C'EST UN ENDROIT QUE JE NE CONNAIS PAS…
J'AI PEUR QUE CELA NE SE PASSE PAS BIEN LÀ-BAS…
NE VOUS EN FAITES PAS, MA FEMME.
JE FERAI TOUT POUR QUE ÇA SE PASSE BIEN !
ET J'AI PEUR POUR NOTRE PREMIÈRE NUIT…
EUH…
ROUGIT
SUE
SUE
ÇA AUSSI JE FERAI DE MON MIEUX…
ET PUIS…
JE N'AI PAS ENVIE DE LAISSER MON PÈRE SEUL…

QUAND J'AVAIS 7 ANS…
Mme SEO EST ARRIVÉE AVEC HYEONHEE ET EST DEVENUE SA SECONDE FEMME.
HYEONHEE, CET HOMME EST TON PÈRE.
IL LA GARDA À SES CÔTÉS ET DEVINT INDIFFÉRENT, MAIS…
MAINTENANT QUE MÈRE EST DÉCÉDÉE D'UNE MALADIE…
PÈRE EST LA SEULE PERSONNE QU'IL ME RESTE.
JE NE SUIS DONC PAS RASSURÉE DE PARTIR EN LE LAISSANT.
…
QUELLE EXPRESSION FAIT-ELLE ?

JE N'ARRIVE PAS À LA VOIR À CAUSE DE L'OBSCURITÉ.
JE DOIS ME RAPPROCHER …
STAP
QUI VA LÀ ?
ARGH
COMMENT OSEZ-VOUS VOUS APPROCHER DU QUARTIER DES FEMMES ?
MI…
MISÈRE !
QUELLE EXCUSE VAIS-JE BIEN POUVOIR TROUVER ?
EX…
EXCUSEZ-NOUS MADEMOISELLE !
NOUS TRAVAILLONS POUR SON EXCELLENCE LEE JEONGHAK.
NOUS NOUS SOMMES PERDUS EN CHERCHANT LES LATRINES.
SHLA
?!

NOUS REPARTONS DE CE PAS.
HO HO ! VEUILLEZ NOUS EXCUSER !
NE VOUS INQUIÉTEZ PAS, MA FEMME.
QU'IMPORTE VOS TRACAS...
JE VOUS EN LIBÈRERAI.
NOUS NOUS VERRONS... BIENTÔT.

PLOC
!
AH...
L'ENCRE...
J'AI PEUT-ÊTRE UN PEU EXAGÉRÉ DANS MES REMERCIEMENTS AU PRINCE...
SILENCE
S'IL VOUS PLAÎT !
POURRIEZ-VOUS M'APPORTER UNE NOUVELLE FEUILLE ?

?
TAP
TAP
FFT
DITES.
IL Y A
QUEL...

...
GLOUPS
CRII
GHH

CRII
CRII
CRII
PRINCE !
CLANG
STAP

WOUUSH
CLANG
CLANG
CE N'EST QUE LE VENT…
FIOU
QU'EST-CE QUI M'ARRIVE ? JE N'ARRIVE PAS À DORMIR AUJOURD'HUI.
EST-CE À CAUSE DE CE VIEUX MONSIEUR BIZARRE QUE J'AI VU SUR LA PLACE ?
QUI CROIRAIT DES SORNETTES PAREILLES ?
TIENS ?
FFT
FFT
ON EST AU BEAU MILIEU DE LA NUIT…
?!

MADAME SEO ?
ET SES DOMESTIQUES...
ÇA FAIT DÉJÀ PLUSIEURS FOIS QU'ELLE PART DE NUIT COMME ÇA.
OÙ VA-T-ELLE, AUSSI TARD ET SANS CHAISE À PORTEURS ?
OÙ VA-T-ELLE ?
BON, JE VAIS LA SUIVRE.
FRSHH
C'EST PEUT-ÊTRE MA DERNIÈRE OCCASION DE DÉCOUVRIR CE QU'ELLE MIJOTE.
MINCE !
C'EST VRAI QU'ON M'A PRIS TOUTES MES CHAUSSURES !
COMMENT FAIRE ?

MAIS OUI !
IL Y A CELLES QUE J'AI ACHETÉES TOUT À L'HEURE !

AU FINAL...
TU LES AS PORTÉES.

Mariage interdit

CHAPITRE 21

TSS...
JE...
LUI AVAIS POURTANT DIT DE NE PAS LES METTRE...
CES DEUX PERSONNES NÉES AVEC UN DESTIN FUNESTE...
VOILÀ QU'ELLES FONT FACE À QUELQUE CHOSE DE TERRIBLE CE SOIR.
C'EST DOMMAGE...
L'UNE D'ELLE VA FINIR PAR MOURIR...
CLANG
CLANG
C'EST FERMÉ DE L'EXTÉRIEUR !
TOUT ÉTAIT PRÉMÉDITÉ !
QUE FAIRE ? IL FAUT QUE JE TROUVE OÙ ME CACHER...
FWIP
SINON JE VAIS...

JE VAIS...
LAISSER LE PRINCE...
AH...

LÀ !
ÇA A ÉTÉ DUR, MAIS J'AI RÉUSSI À LA SUIVRE !
POURQUOI VOYAGE-T-ELLE DE NUIT EN PLEINE MONTAGNE ?
FWIP
QUE MANIGANCE-T-ELLE ?
SST
ALORS VOTRE PLAN EST EN MARCHE !
SON PLAN ?
TOUT ÇA C'EST GRÂCE À VOUS.
JE NE PEUX QUE RECONNAÎTRE VOS TALENTS.

*NDT : Les gisaeng étaient des femmes artistes qui devaient divertir les hommes à la façon des geishas japonaises.

MADAME SEO…
VOUS ÊTES UNE FEMME REDOUTABLE ! HA HA HA !
A TUÉ MA MÈRE ?!
ALORS, ELLE N'EST PAS MORTE D'UNE MALADIE…
MAIS À CAUSE DE MADAME SEO ?!
!
CRAC
ARGH
QUI VA LÀ ?!
!

IMPOSSIBLE !
SHLA
JE DOIS VITE PRÉVENIR MON PÈRE !
TA DA DAP
FWIP
TA DAP
TADADAP

COMME VOUS L'AVIEZ PRÉDIT…
DA DAP
UNE MALIGNE PETITE SOURIS NOUS A SUIVIE.
MAIS N'ALLAIT-ELLE PAS PARTIR POUR SA BELLE-FAMILLE LA SEMAINE PROCHAINE ?
VOUS PRÉFÉREZ VOUS EN DÉBARRASSER POUR DE BON ?
SI JE L'AVAIS LAISSÉE EN VIE, ELLE SERAIT DEVENUE MON ENNEMIE.
ET PUIS, POUR LE MARIAGE…
N'AI-JE PAS UNE SECONDE FILLE À LEUR PRÉSENTER ?
UNE BELLE PETITE…
NÉE DE SON EXCELLENCE ET DE MOI-MÊME.
ELLE AVAIT VU AUSSI LOIN…
SA DURETÉ EST REMARQUABLE.
SI ELLE ÉTAIT NÉE HOMME, ELLE AURAIT FAIT DE GRANDES CHOSES.

POURQUOI AVEZ-VOUS PARLÉ DE CHOSES AUSSI INUTILES ?
HEIN ? COMMENT ? AU SUJET DE CETTE FEMME ?
JE VOULAIS SIMPLEMENT OFFRIR UN PETIT CADEAU À LA SOURIS.
UN CADEAU DU NOM DE "VÉRITÉ"...
AVANT QU'ELLE N'EMPRUNTE LE CHEMIN DE L'AU-DELÀ ?
QUE VOUS ÊTES CRUEL !
HA HA
HI HI
HAN
HAN
JE SAVAIS QUE QUELQUE CHOSE ÉTAIT BIZARRE.
TA DAP
DEPUIS SON ARRIVÉE, LES AÏEUX ET MÈRE ONT COMMENCÉ À MOURIR LES UNS APRÈS LES AUTRES.
ET DEUX TROIS DOMESTIQUES ONT ÉTÉ REMPLACÉS...
MAIS JE...
JE ME DISAIS QUE...
AUCUN ÊTRE HUMAIN NE POUVAIT ÊTRE SI MONSTRUEUX...

JE TROUVAIS CELA INCONCEVABLE !
SHLAAAAA
SHLAAAAA
ELLE EST LÀ !
C'EST UN CUL DE SAC !
SHAA
DÉBARRASSEZ-VOUS D'ELLE !
BOU BOU BOUM

BOU
BOU
BOUM
BOUM
S'ILS M'ATTRAPENT...
C'EST LA FIN...

MÈRE...
PÈRE...
CE VENT QUI ME FOUETTE LE VISAGE.

LE BRUIT DE L'EAU QUI SEMBLE REMUER LA TERRE ET LE CIEL.
IL Y A SEPT ANS, QUAND J'AI QUITTÉ LA TERRE FERME, J'ÉTAIS EMPLIE DE TERREUR.
ET JE ME RAPPELLE CLAIREMENT ...
DE CETTE SCÈNE.
DE CETTE ÉTOILE LUMINEUSE...
FILANT DANS LE CIEL...

AU MOMENT MÊME…
OÙ L'ÉTOILE PRÉCIEUSE D'UN AUTRE DISPARAISSAIT.
VOILÀ CE QUE JE M'ÉTAIS DIT.

CHAPITRE 22

RÉPONDS.
IL Y A SEPT ANS...
QUE FAISAIS-TU ET OÙ ?
DANS LE PRÉSENT
EUH
EUH
JE NE PEUX PAS LUI PARLER DE TOUT ÇA.
JE PENSE QU'IL NE ME CROIRAIT PAS, ET PUIS...
C'EST TROP DANGEREUX !
CHANGEONS DE SUJET !
J'ÉTAIS ...
UNE MENDIANTE ! ET ALORS ?!
HEIN ? UNE... MEN-DIANTE ?
ÇA ?
DING ! —
OUI ! JE NE CONNAIS NI MES ORIGINES NI MON IDENTITÉ. LE VIEUX GAEYI M'A RECUEILLIE QUAND J'ÉTAIS À LA RUE !
MISÈRE. C'EST LA SEULE CHOSE QUI M'EST VENUE À L'ESPRIT ?!
J'AI UN TERRIBLE ET TRISTE PASSÉ ALORS NE ME POSE PLUS DE QUESTIONS DESSUS !

...
JE... JE VOIS. TU ÉTAIS UNE MENDIANTE...
C'EST POUR ÇA QUE TU AS L'AIR SI PAUVRE ?
PARDON ?!
ÇA M'ÉNERVE QU'IL ACCEPTE LES FAITS AUSSI FACILEMENT.
C'EST DE ÇA DONT ME PARLAIT MONSIEUR GAEYI ?
DE CACHER LA VÉRITÉ DÈS QUE J'APPRENDRAI LE SECRET DE Mlle SORANG...
JE VOIS. ELLE A EU UNE TRISTE VIE.
GLOUPS
PFF... IL N'A VRAIMENT PAS L'ÉTOFFE D'UN INSPECTEUR. IL SE FAIT AVOIR TROP FACILEMENT.
ENFIN BON, PARDONNEZ-MOI D'AVOIR POSÉ LA QUESTION.
MAIS NON, C'EST RIEN.
FAUT PAS ME VOUVOYER...
TU AS SÛREMENT GRANDI DANS LA DOUCEUR, TELLES LES FEUILLES DES SAULES. TU NE DOIS SÛREMENT PAS COMPRENDRE.

HEIN ? LES FEUILLES DE SAULE ?
MINCE !
J'AI UN DON, NON ? J'AI TOUT DE SUITE SU QUE TU ÉTAIS UN JEUNE HOMME D'UNE MAISON DE SAULE !
HUM
HUM
BON, BON. BUVONS UN VERRE.
TU N'AIMERAS PEUT-ÊTRE PAS CET ALCOOL PARCE QUE TU VIENS D'UNE NOBLE FAMILLE MAIS BON.
!
TCHAK
TU RÉPÈTES SOUVENT QUE JE SUIS UN JEUNE HOMME QUI NE CONNAÎT PAS LE MONDE MAIS...
JE N'AI PAS MENÉ UNE VIE TRANQUILLE ET AISÉE.
J'AI PARCOURU LE PAYS DE LONG EN LARGE...
POUR RETROUVER MA PROMISE QUI A DISPARU IL Y A SEPT ANS.
GLOU

C'EST AUSSI LA RAISON...
POUR LAQUELLE JE SUIS DEVENU INSPECTEUR.
FFT
SHAAA
SHAAAA
CLOP
CLOP

...
CLOP
CLOP
ZIEUTE
"C'EST AUSSI LA RAISON POUR LAQUELLE JE SUIS DEVENU INSPECTEUR."
IL EST DEVENU INSPECTEUR...
BLOUP
BLOUP
À CAUSE DE SA FIANCÉE DISPARUE...
À CAUSE DE MOI...
J'ÉTAIS TELLEMENT SURPRISE TOUT À L'HEURE QUE J'EN SUIS RESTÉE COITE !
AAAH !
CLAC
JE DOIS ARRÊTER D'Y PENSER ET LUI DEMANDER.
DIS... EUH...
COMMENT AS-TU PERDU TA FIANCÉE ? ELLE A DISPARU OU QUELQUE CHOSE DU GENRE ?

...
VOUS AUREZ SÛREMENT DU MAL À Y CROIRE MAIS...
ON A ÉCHANGÉ MA FIANCÉE LE JOUR DU MARIAGE.
HEIN ?
JE N'EN CONNAIS PAS NON PLUS LA RAISON.
J'AI SU QUE CE N'ÉTAIT PAS ELLE.
BOBOUM
ENFIN...
BOBOUM
QUAND J'AI VU LE VISAGE DE LA FEMME QUI EST ARRIVÉE À LA CÉRÉMONIE...
VOUS... N'ÊTES PAS YE HYEONSEON ?

ET À CE MOMENT-LÀ...
ARRÊTEZ TOUT !
LE PAYS A DÉSORMAIS UN DÉCRET D'INTERDICTION DE MARIAGE !
ARRÊTEZ LA CÉRÉMONIE !
ON VA BIENTÔT CHOISIR UNE NOUVELLE FEMME AU PRINCE !
BLA
BLA
JE NE SAIS PAS SI CE FUT UNE CHANCE OU PAS...
MAIS LE MARIAGE A ÉTÉ INTERROMPU...
ET JE NE REVIS PLUS JAMAIS LA VRAIE YE HYEONSEON.
COMME SI ELLE AVAIT DISPARU SANS LAISSER DE TRACE.
TOUT LE MONDE M'ASSURA QUE LA FAUSSE ÉTAIT MA PROMISE.

JE L'AI VUE, J'EN SUIS SÛR...
SURPRISE
TU L'AS VUE ? AVANT LE JOUR DU MARIAGE ?
TU TE RAPPELLES DE SON VISAGE ?
NON.
JE NE M'EN SOUVIENS PAS.

THÉ DIVINATOIRE
AEDALDANG
REPOSEZ-VOUS.
OUI.
RENTRE, NON.
RENTREZ-BIEN.
TCHAA
TAGADA
TAGADA
...
INSPECTEUR LEE SINWON !

MERCI.
HEIN ?
DE M'AVOIR RACCOMPAGNÉE MALGRÉ L'HEURE TARDIVE.
SOURIT
AH...
JE N'AI FAIT QUE MON TRAVAIL.

RENTREZ BIEN.
MERCI.
CRIII
VLAM
MERCI...
DE T'ÊTRE SOUVENU DE LA VRAIE YE HYEONSEON.
MAIS...
ELLE AURAIT DÛ MOURIR LE JOUR DE CE MARIAGE...
TU NE POURRAS JAMAIS LA RETROUVER.

SHAAAA
GN...
GNN...
ST
!!
AP

AÏE
ARGH...
JE ME SOUVIENS...
D'AVOIR SAUTÉ DE LA FALAISE...
JE... SUIS EN VIE ?
BRR
BRR
JE NE SUIS PAS MORTE ?
HEIN...?
MAIS OÙ SUIS-JE ?
CRIIII
ZWIP
TU AS REPRIS TES ESPRITS ?

VOUS…
APPELLE-MOI GAEYI.
QUE FAITES-VOUS LÀ ?
C'EST… VOUS QUI M'AVEZ SAUVÉE ?
OUI. JE T'AVAIS POURTANT DIT DE NE PAS METTRE CES CHAUSSURES.
OH HISSE
TU SAIS QUE TU AS EU DE LA CHANCE ?
UNE AUTRE DEMOISELLE A SUBI UN GRAND MALHEUR AVANT TOI.
CELA T'A SAUVÉ LA VIE.
?!
ENFIN BON, MANGE ÇA.
TU ES RESTÉE INCONSCIENTE PENDANT PLUSIEURS JOURS. TU AS BESOIN D'ÉNERGIE.
SURPRISE
PLUSIEURS JOURS ?

QUEL JOUR SOMMES-NOUS ?
MON… MON…
MON MARIAGE EST LE PREMIER JOUR DU MOIS !
NOUS SOMMES LE PREMIER.
TSS TSS
MAIS ÇA NE SERVIRA À RIEN D'Y ALLER…
BON… ON N'Y PEUT RIEN SI TU NE FAIS PAS CONFIANCE AUX DIRES D'UN CHARLATAN.
FOUILLE
TIENS.

VA VOIR
PAR TOI-MÊME.
…

Mariage interdit

CHAPITRE 23

UNE ÉTOILE EST TOMBÉE.
TA DAP
CELA A ÉBRANLÉ LA CONSTELLATION DU SOUVERAIN...
TAP
ET A BLOQUÉ LES UNIONS DE TOUT JOSEON.
HAN
HAN
TU PEUX COURIR AUSSI VITE QUE TU VEUX...
TU NE POURRAS RIEN Y FAIRE.

OUF ! ÇA N'A PAS ENCORE COMMENCÉ !
SUPER !
TA DA DAP
TA DA DAP
JE VAIS LEUR DIRE TOUTE LA VÉRITÉ !
MADAME SEO NE POURRA RIEN ME FAIRE DEVANT LA MAISON DE MON ÉPOUX.
ZWIP
ZWIP
JE DOIS GAGNER DU TEMPS…
ET DIRE À MON PÈRE CE QUE J'AI VU.
IL A BEAU SE MOQUER DE CE QU'IL SE PASSE AU SEIN DE LA FAMILLE, CETTE FOIS-CI…
LES PRÉPARATIFS SONT BIENTÔT TERMINÉS ?
IL N'Y EN A PLUS POUR TRÈS LONGTEMPS.
?

LE MARIÉ NE VA PAS TARDER, DÉPÊCHE-TOI.
HEIN ?
MADEMOISELLE HYEONHEE...
CE N'EST PAS TROP INCONFORTABLE ?
VOILÀ QUE TU RECOMMENCES.

FUSILLE DU REGARD
COMBIEN DE FOIS DEVRAI-JE TE DIRE DE M'APPELER "HYEONSEON" DÉSORMAIS ?
OH ! EXCUSEZ-MOI, MADEMOISELLE. JE N'ARRÊTE PAS DE ME TROMPER...
HO HO
JE NE ME FAIS PAS APPELER COMME ÇA PAR PLAISIR !
MAIS ON N'Y PEUT RIEN.
FWIP
DIRE QUE HYEONSEON S'EST ENFUIE AVEC UN ESCLAVE !
SI CELA RUINAIT LE MARIAGE, QU'ADVIENDRAIT-IL DE NOTRE FAMILLE ?
SOURIT
JE N'AI D'AUTRE CHOIX QUE DE LA REMPLACER.

QUOI ?
MON DIEU. ET DIRE QUE VOTRE PÈRE S'EST ÉVANOUI EN APPRENANT LA NOUVELLE. NOUS AVONS TOUS ÉTÉ SI SURPRIS...
PÈRE S'EST ÉVANOUI ?
SI TU LE SAIS, ALORS FAIS ATTENTION À CE QUE TU FAIS.
MÈRE DOIT DÉSORMAIS S'OCCUPER DE LA FAMILLE, ALORS NOUS NOUS DEVONS DE L'AIDER.
MADAME SEO S'OCCUPE DE LA FAMILLE ?
DÉSORMAIS...
GNIP
PLUS PERSONNE...
NE POURRA ME VENIR EN AIDE ICI...
HÉ ! QU'EST-CE QUE TU FICHES ICI ?!
AH

OUST ! FICHE LE CAMP D'ICI TOUT DE SUITE !
UN PROBLÈME ?
UNE MISÉRABLE MENDIANTE TRAÎNAIT PAR ICI.
JE L'AI FAIT FUIR.

CROÂ
CROÂ
TAP
TAP
TE REVOILÀ.
SI MADAME SEO APPREND QUE J'AI SURVÉCU, ELLE S'ASSURERA DE ME VOIR MOURIR POUR DE BON.
SURTOUT QU'ELLE A DEMANDÉ À HYEONHEE DE SE FAIRE PASSER POUR MOI !
SANS MOI, ELLE PEUT ÊTRE CONSIDÉRÉE COMME UNE FILLE DE MINISTRE ET NON COMME LA FILLE D'UNE CONCUBINE…
JE…
EN LAMBEAUX
N'AI NULLE PART OÙ ALLER.
C'EST POUR ÇA QU'ELLE M'A CONFINÉE TOUT CE TEMPS ?

JE NE PEUX PLUS VIVRE EN TANT QUE "YE HYEONSEON"...
AAAH !
GRAAAH
GLOUPS
MISÈRE DE MISÈRE !
GRR GRR
BAM BAM
ELLE M'A FAIT PEUR...
OUAIS !
VOUS POUVEZ TOUT ME PRENDRE, MON ÉPOUX ET MON NOM ! TOUT !!
MAIS N'ESPÉREZ PAS QUE J'ABANDONNE !
GNIP

JE…
JE NE ME LAISSERAI PAS ABATTRE !
OUIN OUIN
EH, GRAND-PÈRE GAEYI.
OUI ?
PRENDS TES RESPONSABILITÉS.
SNIF
TAP
TAP
QUOI ?
TU AS DIT AVOIR UN POUVOIR SURNATUREL.
JE VAIS, MOI AUSSI, APPRENDRE À ÊTRE DEVIN.
SHAAA
TU NE LAISSERAIS QUAND MÊME PAS TOMBER UNE PAUVRE DEMOISELLE SANS NOM NI FAMILLE, SI ?
ÇA NE S'APPREND PAS.
IL FAUT UN DON, UN DON, TU ENTENDS ?!

ÇA NE S'APPREND PAS ?
ON M'A POURTANT DIT QUE J'AVAIS UNE INTUITION HORS DU COMMUN.
PFF…
CE N'EST PAS LE BON MOMENT.
À CAUSE DE CE BROUILLARD QUI ENTOURE LES UNIONS, LES DEVINS NE SONT PAS LES BIENVENUS.
PEUT-ÊTRE QU'ON NE PEUT PLUS SE MARIER…
MAIS L'AMOUR N'A PAS DISPARU !
PLUS QUELQUE CHOSE EST INTERDIT, PLUS LES GENS S'Y INTÉRESSENT !
ELLE SE DIRIGE VERS UN TRAVAIL ILLÉGAL À PEINE SA VOIE CHOISIE…
FU FU
BRR
BRR
BRR
ELLE EST EFFRAYANTE…
ENFIN BON…
TCHAK

C'EST L'ÉLOQUENCE QUI FAIT QU'UN CHARLATAN EST BON.
TIENS, METS-LES.
TU SAVAIS QUE J'ALLAIS VENIR À TOI ?
TU PARLES !
IL ME MANQUAIT JUSTE DE LA CORDE DONC ELLES SONT TROP PETITES !
GRAND-PÈRE... NE FAIS PAS L'INNOCENT.

SHLAAA
PLOUF
AU REVOIR...
DEMOISELLE
DU NOM DE
YE HYEONSEON.

AU FUR ET À MESURE...
ALORS QUE CHACUN GARDAIT EN LUI SA DOULEUR...
SEPT ANS PASSÈRENT...
ET CE QUI ATTENDAIT SORANG...
LE TRAVAIL...!
GRRRR
...
ROULE
ROULE
NON MAIS JE NE COMPRENDS VRAIMENT PAS !
J'AI L'IMPRESSION DE M'ÊTRE REPOSÉE UNE SEULE SECONDE ET ON ME DIT QUE LE WEEK-END EST DÉJÀ FINI ?

PAF
PAF
LÈVE-TOI ! TU DOIS ALLER À L'ÉCOLE... NON, AU PALAIS
GRAND-PÈRE ! JUSTE CINQ MINUTES !
CINQ MINUTES !
AAAAH
TROIS MINUTES PLUS TARD
IL NE M'A MÊME PAS ACCORDÉ CINQ MINUTES.
CE VIEUX EST CRUEL...
GRMBL
...
SORANG, ATTENDS.
J'AI FAILLI OUBLIER DE TE LE DIRE...
FAIS ATTENTION À L'EAU ET À L'ARBRE CE MOIS-CI.
À L'EAU...
ET À L'ARBRE ?

Mariage interdit

CHAPITRE 24

SORANG.
FAIS ATTENTION À L'EAU ET À L'ARBRE CE MOIS-CI.
GRAND-PÈRE...
À QUOI DEVRAI-JE FAIRE ATTENTION EN ÉTÉ ?
À L'EAU.
ET EN HIVER ?
AU FEU.
GRR
CE QUE TU DIS EST INUTILE !!
COMME S'IL EXISTAIT UN ENDROIT SANS EAU NI ARBRE À JOSEON !
MONTAGNE ! RIVIÈRE ! VERDURE !
HA HA
CALME-TOI, SORANG ! GRAND-PÈRE DIVAGUE UN PEU, CES DERNIERS TEMPS...
LÂCHE-MOI, HAEYEONG !
TU SAIS QUE LA DERNIÈRE FOIS QUE JE L'AI ÉCOUTÉ, J'AI FAILLI ME FAIRE DÉCAPITER ?
BADA BOUM

ME DEMANDER DE FAIRE FACE AU ROI ? C'ÉTAIT QUOI CES BÊTISES ?!
FLAP
?
MADAME ? QU'Y A-T-IL ?
...
JE PENSAIS AVOIR ENTENDU UNE VOIX FAMILIÈRE...
C'ÉTAIT MON IMAGINATION.
CLA CLANG
ALLONS-Y.
COMME SI UNE FILLE QUI A SERVI DE REPAS AUX POISSONS...
POUVAIT ÊTRE ICI À CRIER DES BÊTISES.

C'EST SEO UNJEONG, VOTRE EXCELLENCE.
CRIII
QU'EST-CE QUI VOUS AMÈNE ICI ?
VOUS JOUEZ CELUI QUI NE SAIT PAS ?
CE QUE VOUS M'AVEZ PROMIS TARDE. JE SUIS VENUE M'ASSURER QUE TOUT ALLAIT BIEN.
VOUS ÊTES SÛR QUE LA NOUVELLE FEMME DU ROI SERA CHOISIE CETTE ANNÉE ?
MONSIEUR LE MINISTRE.
MMH...
NE VOUS INQUIÉTEZ PAS.
FAIRE CROIRE QUE JE NE POUVAIS ALLER À L'ENCONTRE DU ROI ET LE SOUTENIR DANS CETTE INTERDICTION DE MARIAGE PORTENT SES FRUITS.
IL EST DEVENU PEUREUX ET ÉTRANGE. ON DIT MÊME QU'IL ENTEND DES ESPRITS LA NUIT.
OH !

IL NE MANQUE PLUS QU'UNE NOUVELLE REINE ET UN HÉRITIER...
POUR NOUS DÉBARRASSER DE CE TYRAN FOU ET VIOLENT.
LE PEUPLE EST AU BORD DE LA RÉBELLION APRÈS CES SEPT ANNÉES D'INTERDICTION.
DONC TOUT EST PRÊT.
VOUS N'AVEZ QU'À FOURNIR UNE JEUNE VIERGE.
NE VOUS INQUIÉTEZ PAS POUR MA FILLE.
JE LA PRÉPARE DEPUIS LE DÉBUT DU DÉCRET ANTI-MARIAGE.
ELLE EST DEVENUE UNE REMARQUABLE JEUNE FILLE QUI NE PLIERA DEVANT RIEN.

HA
HA
BIEN, BIEN.
LES CHOSES VONT BIENTÔT CHANGER.
LA NOUVELLE REINE DEVRAIT BIENTÔT ÊTRE CHOISIE.
WOUUUUUSH
SHH
SHAAAAAA
AH !
WOUSH
HA !
ZIOU
TIENS !

ALORS, SEJANG ?
SEIGNEUR...
VOUS ÊTES RESPLENDISSANT !
FU FU
BOBOUM
BOBOUM
ELLE VA ÊTRE SURPRISE.
JE VAIS LUI MONTRER LE RÉSULTAT DE CES DEUX JOURS D'ENTRAÎNEMENT INTENSIF !
VIOUUU
AAAH
ZIOU
CETTE SORANG...
ARRIVERA-T-ELLE ENCORE À DIRE QUE J'AI MOINS DE SENSUALITÉ QUE SINWON ?
JE ME SUIS ASSEZ ENTRAÎNÉ POUR RETROUVER MES COMPÉTENCES PASSÉES.
C'EST AMPLEMENT SUFFISANT POUR FAIRE FACE À SINWON...

OU PAS ?
...
PEUT-ÊTRE PAS...
SEJANG. SELON TOI, QUEL EST LE POINT FAIBLE DE L'INSPECTEUR ?
L'INSPECTEUR LEE SINWON ?
EH BIEN... LA DERNIÈRE FOIS, IL AVAIT L'AIR ASSEZ FRAGILE AU NIVEAU DES HANCHES...
?!
AH !
SHIOU
YAH !
SHIOU
EN TANT QUE RÉGENT DU PAYS...
JE NE PEUX ATTAQUER LE POINT FAIBLE DE MON ADVERSAIRE.
VOUS DITES ÇA MAIS...
VOUS CONCENTREZ TOUS VOS COUPS SUR CETTE ZONE !

BRAOUM
BRAOUM
JE PENSE QU'IL VA PLEUVOIR.
VOUS DEVRIEZ RENTRER, SIRE.
MOI, LE ROI, JE M'ENTRAÎNE DUREMENT.
MAIS CETTE PETITE NE MONTRE PAS LE BOUT DE SON NEZ...
COMBIEN DE TEMPS VA-T-ELLE ENCORE S'ABSENTER ?
GRMBL
PARDON ?
WOUUUUSH
...

VOUS PARLEZ DE MOI ?
BOUM
AH...
?
BOUM
HEIN ?

AH…
CO… COMMENT OSES-TU SURGIR DANS LE DOS DE TON ROI !
EST-CE QUE PAR LE PLUS GRAND DES HASARDS, VOUS ÉTIEZ EN TRAIN DE M'ATTENDRE ?
BIEN… BIEN SÛR QUE NON !
MAIS OUI ! JE SUIS SÛRE QUE JE VOUS AI MANQUÉ !
FU FU FU
QUE… TU AS CONFIANCE EN TOI !
INQUIET
INQUIET
MOI ? T'ATTENDRE ?
AH OUI !
JE VOULAIS TE DEMANDER LE TEMPS QU'IL VA FAIRE DEMAIN CAR JE PARS À LA CHASSE.
SURPRISE
LE…
TEMPS QU'IL FERA DEMAIN…?
EUH…
MH…
MINCE. J'AURAIS DÛ DEMANDER LA MÉTÉO À GRAND-PÈRE !
ON VA ESSAYER DE DEVINER !
NE VA-T-IL PAS FAIRE UN SOLEIL RADIEUX ?
SOU
RIT
COMME MON SOURIRE !

?!
BOBOUM
!
BABOUM
SPLASH
!!
JEUNE FILLE, JE PENSE QUE VOUS VOUS ÊTES TROMPÉE...
PLOC
PLOC
SHAAAAA
AH !
MISÈRE !
BRAOUM...
TU OSES TE MOQUER DE MOI ?!
IL... IL SUFFIT QU'IL FASSE BEAU DEMAIN, NON ?
MON DIEU, SIRE !
WOUUUSH

ON VOIT BIEN QUE CE N'EST QU'UNE PLUIE PASSAGÈRE...
WOUUUU
SHAAAA
WOUUUUUU
WOUU
CE...
CE BRUIT...

WOUUUUUU
LE…
LE FANTÔME…
WOUUUUUU
ENCORE…
C'EST LE MÊME BRUIT ÉTRANGE QUE LA DERNIÈRE FOIS…
CE N'ÉTAIT DONC PAS UNE ILLUSION ?

CHAPITRE 25

WOUUUUUUU
CE N'EST DONC PAS UNE ILLUSION !
WOU WOUUU
J'ENTENDS VRAIMENT UN SON ÉTRANGE !
MAJESTÉ, JE SUIS SÛRE QUE CE SON…
ET CELUI QU'ON A ENTENDU LA…
!
AH !

SHAAAA
LA...
WOUUU
PRINCESSE...
WOUUUU
TITUBE
NE L'ENTENDS-TU PAS ?
ELLE...
PLEURE...
PARCE QUE...
JE N'AI PAS PU LA PROTÉGER...

AAAAAAA
VOTRE MAJESTE.
...
GNIP
N'AYEZ CRAINTE !
NE VOUS L'AI-JE PAS DIT ?
JE VAIS RÉGLER CE PROBLÈME !

INSPECTEUR LEE SINWON !
VIOUP
SURPRIS
?
OUI ?
JE TE CONFIE LE ROI.
TU ME LE CONFIES...?
FWIP
JE REVIENS TOUT DE SUITE !
SORANG ?
TA DAP
TA DAP
QUE COMPTE-T-ELLE FAIRE SEULE ?
SHAA
MAIS...

J'AI PU ME CALMER...
EN UN INSTANT...
SINWON.
OUI, VOTRE MAJESTÉ ?
DEPUIS QUAND VOUS VOUS TUTOYEZ ?
OUPS

EUH… C'EST QU'ON VOULAIT RENFORCER NOS LIENS EN TANT QUE SERVITEURS DE SA MAJESTÉ ET…
SI CELA VOUS DÉPLAÎT, NOUS ARRÊTERONS TOUT DE SUITE !
MMH…
NON. VOUS FAITES ÇA POUR ME MONTRER VOTRE LOYAUTÉ, COMMENT POURRAIS-JE VOUS L'INTERDIRE ?
CONTINUEZ. SINON JE VAIS ME FÂCHER.
POURQUOI SUIS-JE SI NERVEUX ?
TSS. POURQUOI SUIS-JE SI CYNIQUE ?
?
COMME CE CIEL AGITÉ…

AAAHS
SHAAAAA
J'AI LE CŒUR TOUT CHAMBOULÉ.
?
WOUUUU
D'UN AUTRE CÔTÉ...
SORANG QUI EST À DES ANNÉES LUMIÈRES DE L'AGITATION QU'ELLE PROVOQUE...
WOUUUSH
WOUUU
ZWIP
JE SUIS SÛRE...
QUE LE BRUIT VIENT DE PAR ICI...

SHAAAAA
BRR
WOUUU
WOUUU
GLOUPS
C'EST À CAUSE DE LA MÉTÉO ?
JE NE VOIS PAS ÂME QUI VIVE.
ALORS... CE SERAIT VRAIMENT LES PLAINTES D'UN FANTÔME ?
WOUUUSH
WOUUUUU
FLAP

AAH !
VIOUP
LES PLEURS VIENNENT D'EN BAS ?!
?
LES ÉGOUTS ?
IL Y A QUELQUE CHOSE ?
CLANG
WOUUUSH
FOUILLE
FOUILLE

HEIN ?!
DEPUIS QUAND Y A-T-IL AUTANT DE TROUS DANS UN BAMBOU ?
WOUSH
WOUSH
C'EST QUOI, CE TRUC ?
WOUUU
WOUU
UN DÉCHET ?
WOUU
WOUU
C'EST ÇA QUI FAIT UN BRUIT BIZARRE QUAND LE VENT SOUFFLE DANS LES ÉGOUTS…
!!
ATTENDS…
RÉALISE
SI LE ROI APPREND QU'IL A PEUR, DEPUIS TOUT CE TEMPS, D'UN SIMPLE DÉCHET…
TOI ! TU DIS AVOIR UN DON MAIS TU N'AVAIS PAS LA MOINDRE IDÉE DE CE QUE C'ÉTAIT ?!
LE ROI DES CRISES DE COLÈRE
TU TE MOQUAIS DE MOI ?!
QU'ON LUI COUPE LA TÊTE !
JE VOIS CLAIREMENT LA SCÈNE…
MÊME MOI, J'AI HONTE.
PFFF…

J'AI QU'À M'EN DÉBARRASSER !
LE ROI N'A PLUS À AVOIR PEUR.
NON
DAME DE COUR
PLOUF
PLOUF
PLOUF
INTERDICTION DE JETER SES DÉTRITUS DANS LA NATURE
JE DIRAI QUE J'AI CHASSÉ L'ESPRIT...
POUR LE BIEN DE L'HONNEUR DU ROI, ET DE MA VIE !
TAP
TAP
ET UN PROBLÈME DE RÉGLÉ !
FIÈRE
LE ROI N'AURA PLUS DE PROBLÈMES POUR DORMIR À CAUSE DES PLEURS D'UN FANTÔME !
YOUPIII ! ÇA ME DONNE ENVIE DE DANSER !
DANSE
DANSE
JE SUIS TROP FORTE !
JE DOIS ME DÉPÊCHER DE PRÉVENIR LE ROI...
OH ! LE VOILÀ EN PLUS QUI ARRIVE !

HAAAAA
STOP
MAJESTÉ !
J'AI VAINCU LE FANTÔÔÔME !
ZIOUP
ZIOUP
BOUM
AAAAAAAA AAAAAAAH ! IL ARRIIIIIVE !!
AAAAAH
?
SINWON, QUEL EST CE BRUIT ?
TEEHEUU
ZIOUSH
UN SON ÉTRANGE S'ÉCHAPPE DU BROUILLARD…

OH ?
VOUS ÊTES SI CONTENT QUE ÇA DE...
ME VOIR...
SPLASH
SLIP
HEIN ?
SHIOU

PA
AF
GH ?
J'AI HEURTÉ LE FRONT…
DU ROI…
↑ RESTE QUAND MÊME BEAU.
C'EST UN CRIME DE LÈSE-MAJESTÉ !
PLOUF

SORANG !
MAJESTÉ !

JE T'AVAIS DIT DE FAIRE ATTENTION À L'EAU.
BRR
BRR

- HOROSCOPE -

CHAPITRE 26

J'AI FROID.
MES PIEDS...
JE N'AI PAS PIED !
JE N'ARRIVE PLUS À RESPIRER !
GLOU
ÇA RECOMMENCE... ENCORE.
COMME IL Y A SEPT ANS...
JE SUIS SEULE...
FWIP
SORANG !
SPLASH

ÇA VA ?
KOF
KOF
COMMENT TU TE SENS ?
KOF
KOF
AH, C'EST VRAI...
KOF
ÇA VA ? TU AS DÛ PERDRE CONNAISSANCE APRÈS T'ÊTRE COGNÉ LA TÊTE.
JE NE SUIS PAS DANS LA RIVIÈRE DE LA MONTAGNE.
ICI...
IL Y A QUELQU'UN QUI PEUT M'AIDER.
SERRE
KOF
MERCI, SINWON...
TU M'AS... SAUVÉ LA VIE.
MERCI !

KOF
AU FAIT...
OU... OUI ?
STOP
TU...
ZWIP

N'AS SAUVÉ QUE MOI ?
ET LE ROI ?
AH OUI…
…
PLOC
PLOC
!!
JE…
JE SUIS COUPABLE D'UN CRIME DE LÈSE-MAJESTÉ !
MAJESTÉ ! TUEZ-MOI !

MON CORPS A BOUGÉ TOUT SEUL QUAND ELLE EST TOMBÉE À L'EAU...
COMMENT UN SERVITEUR DE SA MAJESTÉ PEUT-IL FAIRE UNE ERREUR PAREILLE ?!
TUEZ-MOI, MAJESTÉ !
GRR
GRR
* VISAGE DU ROI
CE... N'EST RIEN.
!!
!
BRR
BRR
IL PREND SUR LUI ! LE ROI PREND SUR LUI !
!
NOTRE ROI A CHANGÉ !
SINON...
ÇA VA ?
STAP

POF
AH...
OUI... MAJESTÉ. JE SUIS COUPABLE D'UN GRAVE CRIME...
QU... QUOI ? ÇA ME MET MAL À L'AISE...
QUITTE À TOMBER, J'AURAIS DÛ LE FAIRE TOUTE SEULE. MAIS JE VOUS AI HEURTÉ... EUH, JE...
JE NE VOUS AI PAS SEULEMENT COGNÉ LE FRONT, JE VOUS AI AUSSI FAIT TOMBER À L'EAU...
BLA BLA
FUSILLE DU REGARD
SIRE...
PARDONNEZ...
LEE SINWON ! COMMENT AS-TU OSÉ ? N'ÉTIONS-NOUS PAS DES AMIS DE LONGUE DATE ?
ET JE SUIS LE ROI, JE TE SIGNALE !
ET PUIS...
GROOOOOAR
GLOUPS
SA COLÈRE SE RÉVEILLE

SIRE, LE VENT EST FRAIS. RENTRONS VITE.
FWIP
TOURNE
BIEN JOUÉ, SANGSEON !
LE DIVIN
VOUS ALLEZ FINIR PAR ATTRAPER UN RHUME ! VITE !
RENTREZ VITE ! VITE !
NE ME POUSSE PAS !
MAJESTÉ, PLUS VITE !
RAH ! LAISSE !
EUH...
ON VA AVOIR DES SOUCIS ?
PEUT... PEUT-ÊTRE...

VISION DE SORANG
...
OUIN
STAP
JE VAIS LE SUIVRE...
ET RÉGLER CETTE AFFAIRE ! NE T'INQUIÈTE PAS, SINWON !
TA DAP
AH, EUH...
ATTENDS...

QU'ARRIVE-T-IL À MON CŒUR ?
...
JUSTE PARCE QU'ELLES ONT LA MÊME ODEUR...
JE CONTINUE À LES CONFONDRE ?
OU ALORS...
UNE NOUVELLE DESTINÉE S'OFFRE-T-ELLE À MOI ?
...
WOUUSH

BOUDE
...
DEPUIS QUAND SONT-ILS AUSSI PROCHES ?
ILS SE TUTOIENT ET SINWON LA SAUVE À MA PLACE.
ET ILS AVAIENT L'AIR...

SORANG, ÇA VA ?
OUI, SINWON.
SOUVENIR ERRONÉ
GRR
POURQUOI ÇA ME PRÉOCCUPE AUTANT ?!
FWIP
VIOUP
VIOUP
CETTE FILLE BIZARRE...
QU'EST-CE QUE TU FAIS ICI ?
TU RENTRES OU PAS ?
SURSAUTE
HÉ HÉ
SIRE ! JE CROIS QUE JE N'AVAIS PAS BIEN VU, AVANT.
HMPF ! DE QUOI TU PARLES, ENCORE ?

- COMMENT LE ROI EST SORTI DE L'EAU ? -

GARDE DU CORPS

Mariage interdit

CHAPITRE 27

QU'EST-CE... QUE TU VIENS DE DIRE ?
QUE TU VOULAIS... QUOI ?
J'AI DIT UNE BÊTISE ?!
PARDON ?
CLIGNE CLIGNE
DANS LA CONFUSION, J'AI DIT LE FOND DE MA PENSÉE !
JE VAIS JOUER LES INNOCENTES !
M... MAJESTÉ ! NE VOUS AVAIS-JE PAS DIT QUE LA SENSUALITÉ FAISAIT TOUT CHEZ UN HOMME ?
EH BIEN, MAINTENANT QUE J'AI BIEN REGARDÉ VOTRE CORPS...
JE M'APERÇOIS QUE VOTRE MUSCULATURE EST D'UNE MAGNIFICENCE TELLE QUE VOS VÊTEMENTS QUI LES CACHENT S...
QUOI ? TU VEUX ME LES ARRACHER ?
OUI, C'EST ÇA !
VIVE

ÉCHEC DE LA MISSION "INNOCENCE" !
C'EST ÇA
FOUTU GRAND-PÈRE...
JE VAIS ME FAIRE INCENDIER...
DÉSOLÉEE, SINWON...
DONC, SI JE RÉSUME BIEN...
TU ES EN TRAIN DE ME DIRE... QUE JE SUIS BEAU ?
HEIN ?
FWIP
PLUS QUE SINWON ?
JE... JE SUIS SÛRE...
QU'AVEC UN TEL VISAGE, LE PALAIS... NON, LE PAYS ENTIER A DÛ DÉJÀ LE COMPLIMENTER !
WOUAH
PURIFICATION DES YEUX...

T'ES DEVENUE MUETTE ?
DÉPÊCHE-TOI DE RÉPONDRE.
C'EST SURPRENANT.
UN ROI AVEC UN VISAGE PAREIL DOIT RECEVOIR DES COMPLIMENTS TOUS LES JOURS...
BOBOUM
ALORS POURQUOI VEUT-IL À CE POINT...
ENTENDRE MA RÉPONSE ?
AH, NON ! JE DOIS ME REPRENDRE !
JE SUIS EN TRAIN D'ESSAYER D'ARRANGER LA SITUATION !
SINWON LARMOYANT
COMME...
COMME SI ON POUVAIT LE NIER ! VOUS ÊTES L'ÊTRE LE PLUS BEAU, MAJESTÉ !
SE PROSTERNE
VOUS ÊTES PARFAIT !
HA HA HA ! TU RECOUVRES ENFIN LA VUE !

DITES... MAJESTÉ...
HÉ HÉ
VOUS ME PARDONNEZ POUR L'INCIDENT DU LAC ? ET L'INSPECTEUR AUSSI...
POURQUOI ?
MA BEAUTÉ N'A RIEN À VOIR AVEC CETTE AFFAIRE.
QU'IL EST MESQUIN !
MAIS, MAJESTÉ ! SI J'AI ACCOURU COMME ÇA...
C'EST... C'EST PARCE QUE JE VENAIS D'ATTRAPER L'ESPRIT DU LAC !
L'ES...
GLOUP
L'ESPRIT ?
TENDEZ L'OREILLE !
ENTENDEZ-VOUS UN SON ÉTRANGE ?!
WOUSH
PAS... PAS NETTEMENT.

*NDE : phénomène paranormal consistant en des bruits inexpliqués. Il est le plus souvent représenté par une sorte de diable ou de spectre.

PAF
BA DA
BOUM
OUH LÀ !
MAJESTÉ ?
QUE SE PASSE-T-IL ?
AH...
RIEN DU TOUT !
JE N'AI PAS EU PEUR ! JE FAISAIS JUSTE DES ÉTIREMENTS !
JE NE VOUS AI RIEN DEMANDÉ...

QU'EST-CE QUE TU FAIS ? DÉPÊCHE-TOI DE TOUT RANGER !
OU.. OUI.
EXCUSEZ-MOI. JE VOUS L'AI RACONTÉE DE FAÇON UN PEU TROP VIVANTE.
DISCRET
DISCRET
RAMASSE
RAMASSE
OH ? QU'EST-CE QUE C'EST ?
MAJESTÉ, OÙ EST-CE QUE JE METS ÇA ?

*NDT : pendentif traditionnel coréen.

ÇA REMONTE À IL Y A TRÈS LONGTEMPS.
PRINCESSE !
C'EST BIENTÔT VOTRE ANNIVERSAIRE !
QUE DÉSIREZ-VOUS ?
DITES-MOI CE QUE VOUS VOULEZ !
QU'IMPORTE CE QUE C'EST, JE VOUS L'OFFRIRAI !

"QUE POURRAIS-JE VOULOIR D'AUTRE ALORS QUE VOUS ME CHÉRISSEZ DÉJÀ TANT ?"
ALORS MÊME QUE JE VOULAIS LUI OFFRIR UN CADEAU...
ELLE M'A DIT DE DÉPENSER CET ARGENT POUR OFFRIR DU RIZ AU PEUPLE AFFAMÉ.
J'AVAIS BEAU PROTESTER, ELLE SE CONTENTAIT DE SOURIRE...
ALORS JE ME SUIS DIT QU'ELLE ACCEPTERAIT AUTRE CHOSE QUE DES BIENS...
J'AI PASSÉ TOUTE LA NUIT À LE FAIRE EN SECRET.
MAIS AU FINAL, IL EST QUAND MÊME DANS UN ÉTAT LAMENTABLE...
JE L'AI VITE RANGÉ POUR L'OUBLIER...
HA HA...
C'EST TOUT EMMÊLÉ...
MAIS JE NE PEUX NI L'OFFRIR NI LE JETER...

IL EST...
COMME MOI.
IL SUFFIT DE LE DÉMÊLER...
ET DE REFAIRE LE NŒUD, NON ?

ALLEZ.
DONNEZ-LE-MOI.
IL EST PEUT-ÊTRE EMMÊLÉ, MAIS AVEC DU TEMPS ET UN PEU DE PATIENCE, ON ARRIVERA À L'ARRANGER.
JE VOUS LE DIS !
CLIN D'ŒIL
JE SAIS FAIRE QUELQUES NŒUDS PAS MAL !
BON...
REGARDEZ. IL SUFFIT DE FAIRE ÇA.

PRINCESSE !
VOUS ÉTIEZ LÀ ?
JE VOUS AI CHERCHÉE PARTOUT !
VOUS M'AVEZ TELLEMENT MANQUÉ !
TOUS CES MOMENTS PASSÉS À VOS CÔTÉS…
ÉTAIENT SI HEUREUX…

J'AI TOUJOURS VOULU VOUS LE DIRE.
HEIN ?!

HEIN ?!

Mariage interdit

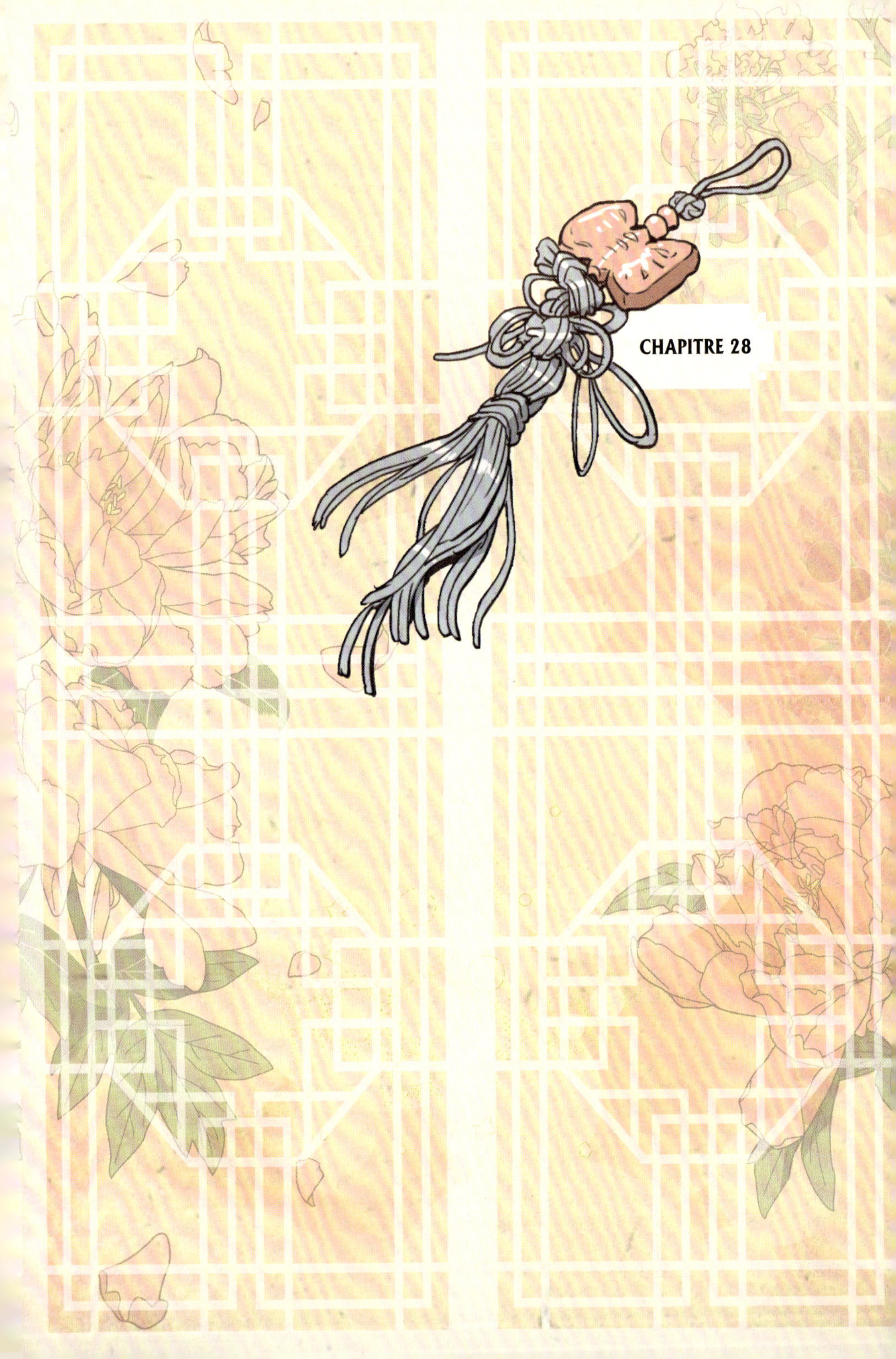
CHAPITRE 28

OH ?
HEIN ?
JE...
QU'EST-CE... QU'EST-CE QUI S'EST PASSÉ ?
N'AURAIS PAS ?!
FWIP
LE BAISER AVEC LA PRINCESSE SEMBLAIT SI RÉEL...

JE L'AI FAIT POUR DE VRAI ?!
NON ! NON, IMPOSSIBLE ! J'AVAIS BEAU ÊTRE ENDORMI...
JE N'AURAIS JAMAIS FAIT UNE CHOSE AUSSI DÉRAISONNABLE !
ZZZ
DEUX MINUTES PLUS TÔT
JUSTE EN FACE
DES MAINS QUI L'ATTIRENT
ET PUIS...
CO... COMMENT...?
J'AI ENCORE LA SENSATION DE SES LÈVRES...

FFT
PÈRE ! CE N'EST PAS VRAI !
JAMAIS LA PRINCESSE NE SE SERAIT ÔTÉ LA VIE !
GRAND-MÈRE ! C'EST L'ŒUVRE D'UNE PERSONNE MAL INTENTIONNÉE !
JE VOUS EN CONJURE, AIDEZ-MOI À DÉCOUVRIR LA VÉRITÉ !

LAISSEZ-MOI ! J'ATTRAPERAI LE MEURTRIER !
JE SUIS SON MARI !
J'AI PROMIS À LA PRINCESSE QUE JE LA PROTÈGERAIS !
LA PRINCESSE N'EST PAS UNE PÈCHERESSE ! ON NE PEUT PAS LA LAISSER PARTIR SI INJUSTEMENT !
POURQUOI EST-CE QUE PERSONNE NE ME CROIT ?!
POURQUOI ?!
POURQUOI SUIS-JE SI IMPUISSANT ?!
POURQUOI ?!

ÇA FAIT DÉJÀ SEPT ANS.
JE ME DISAIS QU'EN RAVALANT CETTE RANCŒUR AU FOND DE MOI ET EN DEVENANT ROI...
J'ARRIVERAIS À FAIRE LA LUMIÈRE SUR CE QU'IL S'EST PASSÉ...
MAIS JE N'AI FAIT QUE ME TENIR IMMOBILE SUR CETTE LAME MYSTÉRIEUSE QUI ME SAIGNE.
ET AVEC LE TEMPS, JE SUIS DEVENU CETTE LAME...
QUI BLESSE LES GENS QUI M'ENTOURENT ET QUI FAIT DE MOI UN ÊTRE PLUS MORT QUE VIVANT...
DEPUIS QUE CETTE FILLE ÉTRANGE EST APPARUE...
CETTE ÉNERGIE QUI M'AVAIT QUITTÉ...

SEMBLE ÊTRE REVENUE. POURQUOI ?
MAINTENANT QUE JE LA REGARDE, ELLE EST VRAIMENT PETITE.
D'OÙ SORT-ELLE TOUTE CETTE ÉNERGIE ?
!
ATTENDS… POURQUOI EST-ELLE DANS UN SI PITEUX ÉTAT ?
ON DIRAIT UNE SOURIS SORTIE DE L'EAU…
AH ! ELLE EST VENUE TELLE QU'ELLE ÉTAIT APRÈS ÊTRE TOMBÉE DANS L'EAU.
ET SI ELLE ATTRAPAIT UN RHUME ?
IL FAUT LUI ENLEVER SES VÊTEMENTS MOUILLÉS…
HÉSITE
HÉSITE

PFF ! J'AI L'AIR D'UN IDIOT !
SEJANG ! TU ES LÀ ?
OUI, MAJESTÉ.
RENTRE SANS FAIRE DE BRUIT.
MAJESTÉ, POURQUOI N'ÊTES-VOUS PAS DÉJÀ EN TRAIN DE DOR...
RAMÈNE-LA DANS SA CHAMBRE.
ET DEMANDE À CE QU'ON LUI CHANGE SES VÊTEMENTS.
...

QU'ATTENDS-TU ? DÉPÊCHE-TOI DE LA PORTER.
AH, OUI ! OUI, MAJESTÉ.
ELLE DORT TELLEMENT PROFONDÉMENT QU'ELLE NE SE REND PAS COMPTE QU'ON LA PORTE…
COMMENT PEUT-ELLE ÊTRE FEMME DE CHAMBRE ?
MAIS BON, HEUREUSEMENT QU'ELLE NE S'EST PAS RÉVEILLÉE…

GNIP
FLAP
FLAP

SA MAJESTÉ N'EST-ELLE PAS TOUS LES JOURS UN PEU PLUS BELLE ?
IL A DÛ LUI ARRIVER QUELQUE CHOSE DE BIEN !
IL EST ENCORE PLUS BEAU AUJOURD'HUI !
...
← DO SEUNGJI, LE SECRÉTAIRE DU ROI QU'ON N'AVAIT PAS VU DEPUIS LONGTEMPS.
J'AI EU PEUR POUR LE TEMPS HIER SOIR, MAIS LE CIEL EST AUJOURD'HUI MAGNIFIIIQUE !
N'EST-CE PAS ?
FLAP
FLAP
EFFECTIVEMENT.

BLING
...
NE VA-T-IL PAS FAIRE UN SOLEIL RADIEUX ?
COMME MON SOURIRE !
LE TEMPS DE DEMAIN ?
SINWON.
TU ES PRÊT ?
ÇA FAIT LONGTEMPS QU'ON N'AVAIT PAS ORGANISÉ UNE PARTIE DE CHASSE. FAISONS UN PETIT DUEL.

BIEN, MAJ…
BIEN SÛR ! JE VOUS ENCOURAGE TOUS LES DEUX !
HEIN ?!
TOI… TOI…
QU'EST-CE QUE TU FAIS LÀ ?!
HI HI —
ET C'EST QUOI, CET ACCOUTREMENT ?!
- UNE AMITIÉ PAS FORCÉMENT PARTAGÉE -
SIRE !
MONSIEUR LE MINISTRE !
ATTENDEZ-MOI !
NON ! JE NE VEUX PAS !

CHAPITRE 29

COMMENT ?!
TA DA
QU'EST-CE QUE TU FAIS LÀ ALORS QUE TU DEVRAIS ÊTRE AU PALAIS ? ET C'EST QUOI, CET ACCOUTREMENT ?!
EH BIEN... C'EST POUR VOTRE SÉCURITÉ.
QUOI ?!
CET IMMENSE TERRAIN DE CHASSE N'EST-IL PAS RECOUVERT DE TOMBES ?
BLA BLA
?
JE M'INQUIÉTAIS DU FAIT QUE LES FANTÔMES RELIÉS À CES TOMBES S'EN PRENNENT À L'ESPRIT PUR ET FRAGILE DE SA MAJESTÉ. J'AI DONC DÉCIDÉ DE VOUS ACCOMPAGNER.
QU'EST-CE QUE C'EST QUE CES FOUTAISES ?
AH ! IL Y EN A UN QUI VIENT DE VOUS FRÔLER !

?!
EN PLEIN JOUR...
REGARDE
REGARDE
NE VOUS INQUIÉTEZ PAS, MAJESTÉ ! JE VAIS RESTER À VOS CÔTÉS ET VOUS PROTÉGER !
SINON, POURQUOI SERAIS-JE VENUE ICI ?
BON. ALLONS-Y ! C'EST PARTI !
HÉ ! POUSSEZ-VOUS, FANTÔMES !
OUST !
VIOUSH
VIOUSH
EXPRESSION QUI VEUT DIRE : "JE N'AI PAS RÉUSSI À VAINCRE SON ENTÊTEMENT"
EXPRESSION QUI VEUT DIRE : "JE VIENS DE ME FAIRE ROULER, LÀ ?"
ET UNE EXPRESSION QUI EN DIT LONG...
VIANDE... DE LA VIANDE !
L'UNIQUE CHANCE DE MA VIE DE GOÛTER À DE LA VIANDE FRAÎCHEMENT ATTRAPÉE !
SLURP

REGARDE-MOI ÇA !
LE SOUVERAIN EST EN DÉPLACEMENT.
IL A MIS LE PAYS DANS UN SALE ÉTAT ET LUI, IL SORT SE DIVERTIR ?
ONT PÉNÉTRÉ ILLÉGALEMENT DANS LE TERRAIN DE CHASSE ROYAL POUR SE PROCURER DES HERBES.
SANS CETTE INTERDICTION DE MARIAGE, ÇA FAIT LONGTEMPS QU'ON AURAIT UNE FEMME...
OUIN
OUI ! DES HOMMES PARFAITS COMME NOUS...
SNIF
SANS CET HOMME QUI MARCHE LÀ-BAS, ON N'AURAIT JAMAIS CONNU LA TRISTESSE D'ÊTRE CÉLIBATAIRES...
BRR
BRR
IL SERA CHÂTIÉ PAR LE CIEL !
OUIIIINNN
ON SE PORTERAIT MIEUX SANS CE SOUVERAIN ...
QUI A PLONGÉ SON PEUPLE DANS LA DÉTRESSE !

PRENEZ CETTE RANCŒUR…
OUAIS
DES CÉLIBA-TAIRES !
OUAIS !
NA !
N'ENTENDENT PAS
PSH
PSH
…
TU CROIS QUE LE CIEL A ENTENDU NOTRE SOUHAIT ?
OUI. J'ESPÈRE QU'ILS TOMBERONT SUR UN SANGLIER…
FRFF
HEIN ?
C'EST QUOI, CE BRUIT ?
FWIP
GROOOOOAR
GROOOOAR
!!

HI...HIIII !
GROOOOOAR
TA DAP
PAS NOUS ! EUX !!
COU... COURS !!
CRAC
FFT
SHLA

TCHAK
WIP
AH...
J'AI CROISÉ SON RE...
AH
MAJESTÉ !
TIREZ !
?!
PIOUSH
QU'EST-CE QUE VOUS FAITES ?
SPLASH
COUIC !
WOUAH ! DANS LE MILLE !

FIOU !
C'EST SUPER QU'ON L'AIT EU MAIS IL EST TELLEMENT PETIT QU'IL NE NOURRIRA PAS GRAND MONDE !
...
RAMASSE
RAMASSE
MÊME SI C'EST PAS GENTIL, IL FAUT ATTRAPER QUELQUES CHEVREUILS POUR QU'ON AIT VRAIMENT LE GOÛT DE LA VIANDE !
ET SI ON SE FAISAIT HANTER PAR LA COLÈRE DES ANIMAUX À FORCE DE LES TUER DE FAÇON AUSSI IRRÉFLÉCHIE ?
OÙ AS-TU APPRIS À FAIRE DU CHEVAL ?
PFF ! DE LA PART DE QUELQU'UN QUI EST HANTÉ PAR TOUS LES CÉLIBATAIRES FORCÉS DU PAYS...
C'EST PAS DE LA RANCŒUR DES ANIMAUX DONT IL FAUT AVOIR PEUR !
ET PUIS, LES ANIMAUX SONT DES CRÉATURES GENTILLES, ILS NE RESSENTENT PAS LA RANCŒUR.
TU TE LAISSES ALLER JUSTE PARCE QUE TU ES DE BONNE HUMEUR ?
AH ! VOUS M'EMBARRASSEZ !
...

OH ! REGARDEZ !
DES PILONS DE... EUH, UN FAISAN !
FWIP
FFT
!!
VIOUSH
SPLASH
WOHAAAH ! ENCORE DANS LE MILLE !

TU ES LENT, SINWON.
KYA !
C'EST BIEN, LES COMPÉTITIONS CORDIALES MAIS…
ON EST ENCORE LOIN D'AVOIR DE QUOI FAIRE LA FÊTE !
FAITES UN EFFORT ! ALLEZ !
BON ! OUVRONS BIEN LES YEUX ET C'EST PARTI !
TAGADA TAGADA
TAGADA
?!
AH ! IL Y A QUELQUE CHOSE QUI BOUGE LÀ !
TAGADA TAGADA
DÉPÊCHEZ-VOUS ! HA HA HA !
TAGADA
CETTE FILLE…
N'A DONC AUCUNE PITIÉ ? COMMENT PEUT-ELLE AUTANT AIMER LA CHASSE ?

MAIS…
MAJESTÉ !
UN POT-AU-FEU, EUH NON, UN CHEVREUIL !
VOIR SON ÉNERGIE DÉBORDANTE…
ME FAIT AVANCER UN PEU PLUS CHAQUE FOIS.
CES SEPT DERNIÈRES ANNÉES, TOUT LE MONDE ME TRAITAIT COMME UNE LAME INTOUCHABLE…
OH ! JE VAIS TE MONTRER TOUTE L'ÉTENDUE DE MON TALENT !
AH !
SINWON, DÉPÊCHE-TOI !
OU… OUI !
SEULE CETTE PETITE NE SE PRÉOCCUPE PAS DU DANGER…
ELLE DÉBORDE DE SINCÉRITÉ…
ET M'INONDE DE SON SOURIRE.

COMME...

LA PRINCESSE QUI M'ENLAÇAIT CHALEUREUSEMENT.
UN DOUX RAYON DE SOLEIL...
ATCHOUM !
PLOF
ENFIN, MÊME SI ELLE EST PLUS PROCHE D'UN FAUTEUR DE TROUBLE.
JE N'ARRIVE PAS À DÉTOURNER MON REGARD.

HEIN ? POURQUOI ACCOURT-ELLE AVEC UNE TELLE EXPRESSION DE SURPRISE ?
MAJESTÉ ! FUYEZ !
GROOOAAAR
!

CHAPITRE 30

GROOOOAR
TADAP
QUE FAIT UN SANGLIER DE LA TAILLE D'UN CHEVAL...
SUR LE TERRAIN DE CHASSE ROYAL ?!
!
ZIOUSH
PLOF
GROAR

UNE FLÈCHE
NE SUFFIRA PAS
À LE TUER…
PAF
MAJESTÉ,
PARTEZ !
!
HIIIN !!
!
TADAP

SORANG !
ARGH !
!!
SO...
PSHH
SORANG...
STAP
OUF ! ELLE L'A ÉVITÉ EN TOMBANT !
VITE ! VIENS PAR ICI !

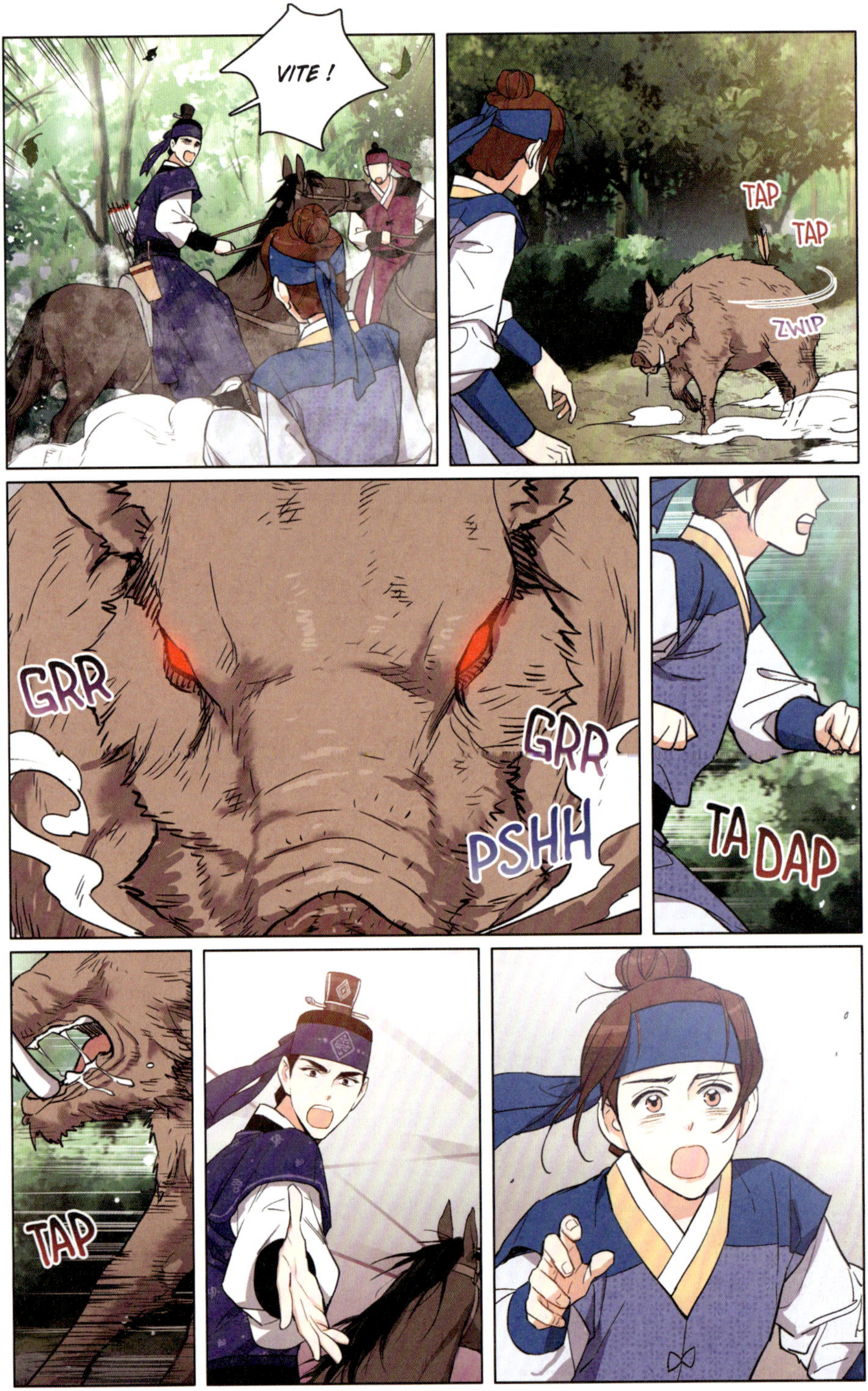
VITE !
TAP
TAP
ZWIP
GRR
GRR
PSHH
TA DAP
TAP

TRAVERSÈRENT L'ESPRIT DE SORANG.
SORANG, CE MOIS-CI, FAIS ATTENTION À L'EAU ET AUX ARBRES.
SOUDAIN, LES MOTS DU GRAND-PÈRE...
GRAND-PÈRE ! POURQUOI NE M'AS-TU PAS PARLÉ DU SANGLIER MAIS...
D'EAU...

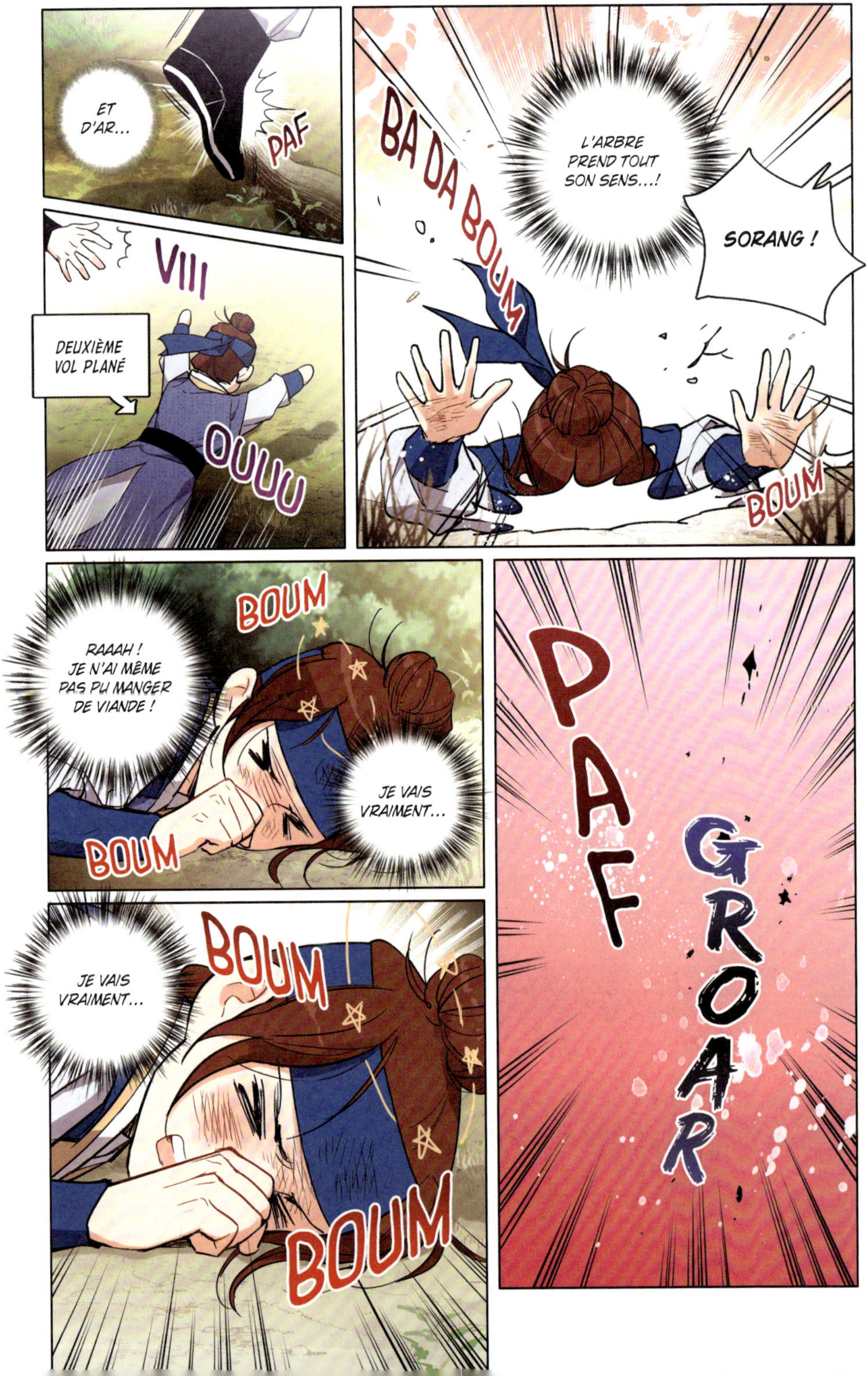
ET D'AR...
PAF
BA DA BOUM
L'ARBRE PREND TOUT SON SENS...!
SORANG !
VIII
DEUXIÈME VOL PLANÉ
OUUU
BOUM
BOUM
RAAAH ! JE N'AI MÊME PAS PU MANGER DE VIANDE !
JE VAIS VRAIMENT...
BOUM
PAF
GROAR
BOUM
JE VAIS VRAIMENT...
BOUM

HEIN ?

VOUS ALLEZ BIEN ?
MAJESTÉ ! SORANG !
FLOU
MA... JESTÉ ?
FWIP
TU... TU L'AS EU ?
OUI, C'ÉTAIT MOINS UNE.
HEUREUSEMENT QUE J'AVAIS PRIS MA HACHE.
VOUS N'ÊTES PAS BLESSÉ, MAJESTÉ ?

JE VAIS… B…
FWIP
TOI !
GLOUPS
GROAR
POURQUOI NOUS AS-TU SUIVIS À LA CHASSE ?!
GROAR
TU NE SAIS MÊME PAS PRENDRE SOIN DE TOI !
IDIOTE !
ARGH
AAAH

HIC
HIC
HIC
QUI T'A DEMANDÉ DE VENIR ME SAUVER ?
HIC
HIC
JE NE VEUX PAS…
JE T'INTERDIS DE MOURIR OU D'ÊTRE BLESSÉE DEVANT MOI.

TE REVOIR DANS CET ÉTAT.

CHAPITRE 31

HA HA HA HA
HA HA HA
HA HA HA
MAJESTÉ ! JAMAIS NOUS N'AVONS EU PLUS LUXURIANT DÎNER DE CHASSE QUE CELUI-CI !
ET CELA GRÂCE AU SANGLIER QUE VOUS AVEZ ABATTU !
NOUS NOUS UNISSONS TOUS POUR VOUS DIRE UN GRAND MERCI !
LONGUE VIE AU ROI !!
BROUHAHA
BROUHAHA
VIVE LA CHASSE !
MERCI POUR LE SANGLIER !

MERCI. JE SUIS CONTENT DE SAVOIR QUE VOUS AVEZ PASSÉ UN BON MOMENT.
ALLEZ, MANGEZ.
PUISQUE JE VOUS DIS QUE C'EST SINWON QUI A TUÉ LE SANGLIER…
D'AILLEURS, CE SINWON…
TU ES MAJESTUEUX, CHER INSPECTEUR !
VOUS EXAGÉREZ.
ÇA N'ARRÊTE PAS DE ME PRÉOCCUPER, EN CE MOMENT.
JE SUIS SÛR QUE TOUT À L'HEURE…
POURQUOI AVAIS-TU EMMENÉ UNE HACHE ?
J'AI ENTENDU DIRE QUE MLLE SORANG DEVAIT FAIRE ATTENTION À L'EAU ET AUX ARBRES ALORS AU CAS OÙ…
HEIN ?

TU VAS BIEN ?
TU N'ES PAS BLESSÉE ?
CELUI QUI L'A RÉPRIMANDÉE.
CELUI QUI LA RÉCONFORTE.
C'EST CE QU'IL S'EST PASSÉ. JE SUIS AMI AVEC LUI DEPUIS BIEN PLUS LONGTEMPS ET IL NE S'INQUIÈTE PAS POUR MOI…
NON… JE VAIS BIEN.
ATTENTIONNÉ
À MOINS… QUE CETTE SORANG L'AIME AUSSI ?
QUE DIRAIS-TU DE FAIRE DE MOI TON BEAU-PÈRE ?
COMMENT ?
C'EST VRAI QU'IL A TOUJOURS ÉTÉ GENTIL.
IL A AUSSI UN CORPS ROBUSTE QUE MÊME LES HOMMES…
ET N'A-T-IL PAS UNE BELLE VOIX ET UN BEAU VISAGE ?
JE VOUS REMERCIE MAIS JE NE SUIS PAS ENCORE…

IL N'Y A PAS D'HOMME PLUS VIRIL QUE VOUS, INSPECTEUR !
SLURP
BLOUP BLOUP
N'A JAMAIS DIT ÇA.
OH ! REGARDEZ-MOI CE TORSE !
ENLACE
MA... MADEMOISELLE !
TOUCHE
KOF
KOF
N'A ABSOLUMENT JAMAIS FAIT ÇA.
J'AI COMPLÈTEMENT PERDU LA RAISON. À QUOI JE PENSE ?
SOURIT
VOTRE EXCELLENCE. VOUS NE TROUVEZ PAS QUE LE ROI EST DE BONNE HUMEUR, AUJOURD'HUI ?
IL SE COMPORTE DE FAÇON RADICALEMENT DIFFÉRENTE DES AUTRES BANQUETS, NON ?
PST
?
HA HA
À CHAQUE FOIS, IL DIT QU'IL VEUT VOIR À QUEL POINT ON S'AMUSE !
MAIS TOUJOURS AVEC UN REGARD QUI FAIT PEUR !
?

ENFIN BON ! IL FAUT CROIRE QU'AVEC LE TEMPS, L'ENTÊTEMENT DU ROI S'APAISE !
KYA !
CE SERAIT TELLEMENT BIEN SI LA PLACE DE LA REINE ÉTAIT ENFIN ATTRIBUÉE.
COMMENT ? JE N'AI PAS ENTENDU.
J'AI DIT QUE CE SERAIT BIEN SI LE PALAIS DE LA REINE TROUVAIT SA NOUVELLE PROPRIÉTAIRE.
HEIN ? QU'EST-CE QUE VOUS DITES ?
ROH ! QUE CE SERAIT PARFAIT SI LE ROI SE MARIAIT !
CRIE
SILENCE
QUE... VIENS-TU DE DIRE ?
!

OUPS...
MA....
MAJESTÉ...
EUH...
TRANSPIRE
QU'EST-CE QUE JE FAIS ?!
IL ENTRE DANS UNE RAGE EXTRÊME À PEINE ON ABORDE LE SUJET !
AH... JE VAIS ME FAIRE TUER.
JE NE MÉRITE QUE LA MORT...
PFU !
MERCI.
JE TE REMERCIE DE FAIRE PREUVE DE LOYAUTÉ EN SOUHAITANT SINCÈREMENT QUE JE TROUVE UNE FUTURE ÉPOUSE.
?!
BON. TRINQUONS.
HEIN ?

J'ESPÈRE QUE NOUS PASSERONS UN AGRÉABLE MOMENT.
NOTRE... ROI...
NOTRE ROI A CHANGÉ !
BRILLE
ARGH ! MES... YEUX !
AAAH !
MA... MAJESTÉ ! TRINQUEZ AVEC MOI AUSSI !
MAJESTÉÉÉ ! AVEC MOI AUSSI !
BLA
BLA
...
TAC
TAC
COMMENT EST-CE POSSIBLE ?
JE M'ÉTAIS POURTANT ASSURÉ DE FAIRE DE LUI UN DÉMENT.
COMMENT SE FAIT-IL QU'IL AIT L'AIR D'ALLER SI BIEN TOUT À COUP ?!

UN HOMME QUI ÉTAIT D'HABITUDE AUSSI PEU ENTHOUSIASTE POUR LES PARTIES DE CHASSE...
SE MONTRE ÉNERGIQUE DEPUIS CE MATIN ?
IL ÉTAIT TOUT EXCITÉ ET EST MÊME PARTI EN PREMIER AVEC SON GROUPE...
HEIN ? ATTENDS ! LE TYPE QUI ÉTAIT AVEC LUI TOUT À L'HEURE...
JE NE L'AVAIS JAMAIS VU... NON...
J'AI L'IMPRESSION DE L'AVOIR DÉJÀ VU QUELQUE PART...
FLASH
FOUAAA
LA FILLE DE L'AUTRE FOIS ?!
LA DOMESTIQUE QUI EST SORTIE DE LA CHAMBRE DU ROI LA DERNIÈRE FOIS....
EST VENUE À LA CHASSE, DÉGUISÉE EN HOMME ?

TSS.
ELLE LUI PLAÎT ?
NIARK
C'EST PÉNIBLE MAIS...
MAJESTÉ ! VOUS ÊTES ENCORE PLUS RAYONNANT, AUJOURD'HUI ! ~♡
BERK ! ÉCARTE-TOI !
JE M'EN MOQUE.
APRÈS QUELQUES VÉRIFICATIONS...
JE N'AURAI PLUS QU'À ME DÉBARRASSER D'ELLE !

...
RAMOLLO
RAMOLLO
FFT
...
...
HEIN ?
POURQUOI
EST-ELLE AUSSI
SILENCIEUSE ?

ELLE EST EN COLÈRE PARCE QUE JE L'AI APPELÉE PENDANT QU'ELLE MANGEAIT SA VIANDE ?
OU ALORS PARCE QUE JE ME SUIS MIS EN COLÈRE CONTRE ELLE PENDANT LA CHASSE ?
HMPF ! ELLE FAISAIT LA MIELLEUSE DEVANT SINWON ! MOI AUSSI, JE ME SUIS INQUIÉTÉ !
EUH... AHEUM !
EUH...
TU... TU AS MANGÉ DE LA VIANDE ?
...
NON. JE N'AI PAS PU EN MANGER.
POURQUOI ? OÙ EST PARTIE CETTE ÉNERGIE QUE TU AVAIS QUAND TU CALCULAIS LA QUANTITÉ DE VIANDE OBTENUE ?
POURQUOI N'AS-TU PAS PU EN MANGER ?
ON T'A FAIT DES REPROCHES POUR NE PAS QUE TU EN MANGES ?

JE N'AI JUSTE...
PAS D'APPÉTIT.
SILENCE...
AH !
QU'EST-CE QUI T'ARRIVE ?
SERAIS-TU...
POSSÉDÉE PAR UN ESPRIT ÉTRANGE ?
FWIP

HEIN ?
ELLE EST VRAIMENT ...
VACILLE
QU'EST-CE QUI LUI ARRIVE ?!
AAAH !
POUF

CHAPITRE 32

UN VISAGE TOUT ROUGE.
UNE FAIBLE RESPIRATION.
UN REGARD BRUMEUX...
T'AS... ENCORE FAIT N'IMPORTE QUOI ? T'AS MANGÉ UN CHAMPIGNON VÉNÉNEUX OU JE NE SAIS QUOI ?
NON... JE... N'AI RIEN MANGÉ...
POF
QUOI ? ELLE N'A RIEN MANGÉ ? ALORS... NE ME DITES PAS QUE...?

SORANG, TU…
AS UNE FORTE FIÈVRE.
SEJANG !
FLAP
APPELLE UN MÉDECIN, VITE !
MAJESTÉ, VOUS NE VOUS SENTEZ PAS BIEN ?
PAS MOI.
MAIS… ELLE….
BREF, VITE !
MAIS, MAJESTÉ…
MÊME SI ON APPELLE UN MÉDECIN MAINTENANT, IL N'ARRIVERA TOUT DE SUITE…
ALORS VA ME CHERCHER UN MÉDECIN DES ENVIRONS !
SO… SORANG…
TCHAK
STOP

LE PLUS URGENT POUR LE MOMENT EST D'APPELER UN MÉDECIN.
VITE !
AH
BIEN, MAJESTE.
S'INCLINE
MAJESTÉ, JE PENSE QUE NOUS DEVRIONS L'AMENER DANS LES QUARTIERS DES DOMESTIQUES.
MON DIEU ! ELLE A BEAU ÊTRE MALADE, ELLE NE DOIT PAS ÊTRE DANS VOTRE LIT...
NERVEUX
LAISSE-LA.
COMMENT ? MAIS !

JE VIENS DE TE DIRE QUE ÇA ALLAIT, NON ? VA ME CHERCHER DE L'EAU FROIDE ET UNE SERVIETTE.
JE VAIS M'OCCUPER D'ELLE PERSONNELLEMENT.
?!

ELLE GALOPAIT VIVEMENT CET APRÈS-MIDI ENCORE...
COMMENT SON ÉTAT A PU SE DÉGRADER AUSSI SOUDAINEMENT ?
EST-CE PARCE QU'ELLE S'EST ENDORMIE L'AUTRE SOIR DANS DES VÊTEMENTS MOUILLÉS ?
OU ALORS, C'EST À CAUSE DU CHOC DÛ AU SANGLIER ?

QUAND J'Y PENSE, ELLE A DÛ FAIRE FACE À DE NOMBREUX SOUCIS AVEC UN SI PETIT CORPS.
PEUT-ÊTRE MÊME...
QU'ELLE MÈNE UNE VIE DIFFICILE DEPUIS BIEN AVANT NOTRE RENCONTRE ? C'EST POUR ÇA QU'ELLE S'EST AFFAIBLIE D'UN COUP ?
ELLE PASSAIT SES JOURNÉES À RIRE... J'AI ÉTÉ NÉGLIGENT, JE NE SAIS RIEN À TON SUJET, SORANG.
JE NE PEUX QUE LA REGARDER, IMPUISSANT...
ÇA ME PEINE.

MA... JESTÉ...?
TU AS REPRIS TES ESPRITS ? TU TE SENS MIEUX ?
HÉ HÉ... JE VAIS BIEN, MAJESTÉ...
C'EST JUSTE UN RHUME...
TU VAS BIEN ?! TU AS VU LA FIÈVRE QUE TU AS ?!
NE TE MOQUE PAS DE MOI ET DIS-MOI OÙ TU AS MAL.
UN MÉDECIN NE VA PAS TARDER...
MA... JESTÉ...
OUI... DIS-MOI.
J'APPRÉCIE QUE VOUS SOYEZ...
À MES CÔTÉS...

...
ROUGIT
POF ...
AH...
QUOI ?
QUE...
QU'EST-CE QU'ELLE VIENT DE DIRE ?!

MON ROI!!!!!!! !
FLAP
SURPRIS
OUIN
MAJESTÉ ! VOTRE PREMIER SECRÉTAIRE EST ARRIVÉ !
OUIN
OUIN
COMMENT VOUS SENTEZ-VOUS ?!
!
MON DIEU, MAJESTÉ ! VOTRE VISAGE EST ROUGE ET BRÛLANT !
OH ! VOTRE CŒUR BAT TRÈS VITE ET VOTRE RESPIRATION EST SACCADÉE !
...
ACTES
FUTILES

NE VOUS INQUIÉTEZ PAS ! JE VAIS VOUS REMETTRE RAPIDEMENT SUR PIEDS GRÂCE AUX CONNAISSANCES MÉDICALES QUE J'AI APPRISES !
FOUILLE
FOUILLE
TCHAK
CE N'EST PAS MOI, LE PATIENT, MAIS ELLE.
FWIP
TCHAK
J'AVAIS COMPLÈTEMENT OUBLIÉ QU'IL AVAIT APPRIS LA MÉDECINE.
HEIN ? CETTE FEMME ?
HOU –
HOUU – –

NE VOUS INQUIÉTEZ PAS, MAJESTÉ. C'EST JUSTE UNE MAUVAISE GRIPPE.
C'EST SÛREMENT UN RHUME QUI S'EST AGGRAVÉ À CAUSE D'UN CHOC VIOLENT.
IL SUFFIT QU'ELLE PRENNE LES MÉDICAMENTS QUE JE LUI AI DONNÉS ET QU'ELLE SE REPOSE POUR GUÉRIR.
JE VOIS.
IL N'Y A RIEN D'AUTRE À FAIRE ?
SA FIÈVRE NE FAIT QUE BAISSER ET REMONTER, DONC IL FAUT LUI RÉCHAUFFER LE CORPS…
ET LUI DONNER DE L'EAU DE TEMPS EN TEMPS…
HM…
ET…
AAH…
AH !
FLAP

MAIS QU'EST-CE QUE..
TU FAIS ?!
VOUS FAITES ?!
SURSAUTE
!!
...
IL FAUT QUE SON SANG CIRCULE...
JE NE PEUX PAS LA CHANGER POUR LUI METTRE DES VÊTEMENTS CONFORTABLES... MAIS POURQUOI VOUS AVEZ CRIÉ ?
?
VOUS SAVEZ À QUEL POINT LES VÊTEMENTS DES FEMMES SONT SERRÉS ?
JE, JE, JE... JE VAIS ME DÉBROUILLER ALORS TU PEUX Y ALLER !
C'EST EXACT ! IL FAUT ALLER APPELER UNE AUTRE SERVANTE A... ALORS ARRÊTEZ !
...
MAIS ELLE A DU MAL À RESPIRER...
OH HO ! QU'EST-CE QUE VOUS FAITES ?! EMMENEZ-LE !
PRESSÉ
BI... BIEN !
MAJESTÉ ! IL FAUT METTRE LA PATIENTE À L'AISE !
PRESSÉS

SE.... SEJANG ! PUISQUE TU ES DEHORS, VA CHERCHER UNE SERVANTE !
BIEN, MAJESTÉ !
FRFF
FRFF
C'EST PEUT-ÊTRE UNE PATIENTE POUR LUI, MAIS ENLEVER LES VÊTEMENTS D'UNE FEMME, C'EST...
TSS...
HAN...
KOF
AH... J'ÉTOUFFE...
FRFF

UN COUP FROID,
UN COUP CHAUD

Mariage interdit

CHAPITRE 33

J'AI ÉTÉ ATTIRÉE PAR UNE FORCE QUE JE NE POUVAIS REPOUSSER.
JE SUIS REVENUE À HANYANG ALORS QUE J'EN ÉTAIS PARTIE...
J'AI RETROUVÉ L'HOMME QUI M'ÉTAIT DESTINÉ À PEINE REVENUE...
JE ME SUIS MÊME RETROUVÉE DEVANT LE ROI.
ET...
À CAUSE DE CE BAISER SOUDAIN ET INEXPLICABLE...

MON CŒUR S'EST MIS À VOULOIR COURIR VERS LUI.
JE VOULAIS TOUT LUI DIRE.
QUE CETTE NUIT-LÀ, JE N'AVAIS PAS PU FERMER L'ŒIL.

ET QUE LE ROI ME MANQUAIT TELLEMENT...
SINWON...
QUE J'AI TOUT FAIT POUR ME LEVER ET LE SUIVRE.
TU ES PRÊT ?
ÇA FAIT LONGTEMPS QU'ON N'AVAIT PAS ORGANISÉ DE CHASSE. FAISONS UN PETIT DUEL.
SON BAISER...
BIEN, MAJ...
BIEN SÛR ! JE VOUS ENCOURAGE TOUS LES DEUX !
HEIN ?!
TOI... TOI...

QU'EST-CE QUE TU FAIS LÀ ?!
JE VOULAIS LUI DEMANDER CE QUE ÇA SIGNIFIAIT.
MAIS JE N'AI RIEN PU DIRE.
NE M'ÉTAIT… PEUT-ÊTRE PAS DESTINÉ…
PARCE QU'EN RÉALITÉ, CE BAISER…

TU REVIENS À TOI, SORANG ?
MAJESTÉ...?
OUI. TU ME RECONNAIS ?
QUE FAIT LE ROI ICI ?
J'AI L'IMPRESSION QUE TA FIÈVRE A BAISSÉ. COMMENT TU TE SENS ? ÇA VA MIEUX ?
POF
ON DIRAIT QU'IL ÉTAIT À MES CÔTÉS TOUT À L'HEURE AUSSI...
JE NE SAIS PAS SI C'EST À CAUSE DE LA FIÈVRE, MAIS TU N'AS PAS ARRÊTÉ DE TE RÉVEILLER ET TE RENDORMIR.
TU N'AS PAS ARRÊTÉ DE TE DÉBATTRE PARCE QUE TU ÉTOUFFAIS.

AH ! ET TU SAIS CE QUE TU M'AS FAIT QUAND TU ÉTAIS INCONSCIENTE ?
AH… NE ME DITES PAS QUE…!
TU M'AS DEMANDÉ S'IL RESTAIT DU SANGLIER.
VA FALLOIR QUE TU ME DISES D'OÙ VIENT CET IMMENSE APPÉTIT.
HA HA
MAIS QUAND J'AI ENTENDU ÇA…
POURQUOI C'EST À MOI D'ÊTRE EMBARRASSÉE ?
PLOUF
PLOUF
J'ÉTAIS RASSURÉ DE SAVOIR QUE TU N'ÉTAIS PAS GRAVEMENT MALADE.
ON DIT SOUVENT QUE LES GENS D'ORDINAIRE EN BONNE SANTÉ NE RÉALISENT PAS QUAND ILS SONT MALADES MAIS…
TU SAIS À QUEL POINT J'AI EU PEUR À CAUSE DE TON IMPRUDENCE ?
IL FAUT PRENDRE SOIN DE SOI.
JE PENSAIS QUE C'ÉTAIT UN SIMPLE RHUME.
ET COMME ÇA…
JE NE SERAI PLUS BOULEVERSÉ.

SI JE VENAIS À PERDRE ENCORE UNE FOIS UN DES MIENS...
JE CROIS QUE JE NE M'EN REMETTRAIS PAS.
BOBOUM
AH... IL NE FAUT PAS DIRE ÇA... JE VAIS ME FAIRE DES IDÉES.
AH...
BOBOUM
JE VAIS PENSER QUE JE POURRAI COMBLÉ...
LE VIDE QUI HABITE LE CŒUR...
BOBOUM

DE CE BEAU JEUNE HOMME BLESSÉ.
BOBOUM
BOBOUM
JE VEUX M'EN ASSURER !
MAJESTÉ, EST-CE VOUS...
QUI ÊTES RESTÉ À MES CÔTÉS POUR VOUS OCCUPER DE MOI ?
POURQUOI... AVEZ-VOUS FAIT ÇA ?

EUH…
EH BIEN…
NE TE L'AI-JE PAS DIT ? TU FAIS DÉSORMAIS PARTIE DES MIENS.
ÉVIDEMMENT, C'EST LE CAS DE TOUT LE PEUPLE DE JOSEON.
D'AUTANT PLUS QUE TU AS UNE GRANDE MISSION À MES CÔTÉS. JE ME DEVAIS DE BIEN M'OCCUPER DE…
LA GRANDE MISSION… VOUS PARLEZ DE FAIRE VENIR L'ESPRIT DE LA PRINCESSE CONSORT ?
VOUS ARRIVE-T-IL DE ME CONFONDRE AVEC LA PRINCESSE ?

NON...
VOUS ÊTES TELLEMENT DIFFÉRENTES...
NON.
ALORS POURQUOI AVEZ-VOUS FAIT ÇA ?
FAIT QUOI ?

RÉALISE
ELLE...
ELLE...
ELLE ÉTAIT
RÉVEILLÉE ?!
MINCE...
EH BIEN...
ÇA...
GNIP

DÉ... DÉSOLÉ. N'Y PENSE PAS TROP. J'AI JUSTE EU UNE VISION PASSAGÈRE.
JE NE REFERAI PLUS CETTE ERREUR.
UNE ERREUR ?!
BOUM...
JE SUIS BÊTE...
BOBOUM BOBOUM
D'ACCORD, MAJESTÉ.
JE ME SUIS VRAIMENT FAIT DES IDÉES, COMME UNE IDIOTE...

NE VOUS INQUIÉTEZ PAS.
MAIS CE N'EST RIEN.
NE SUIS-JE PAS PERSPICACE ?
JE ME DOUTAIS QUE C'ÉTAIT CE QU'IL S'ÉTAIT PASSÉ !
AH ! PUISQUE VOUS AVEZ PARLÉ DE VIANDE...
JE POURRAI DÉSORMAIS ME RETENIR D'AVOIR CE GENRE DE STUPIDES ATTENTES.
J'AI FAIM ! AU POINT QUE JE POURRAIS AVALER UN GIBIER ENTIER !
JE VAIS ME DÉPÊCHER DE RÉGLER CETTE AFFAIRE ET QUITTER LE PALAIS !
BLA BLA
VU MA FAIM, C'EST QUE VOUS VOUS ÊTES BIEN OCCUPÉ DE MOI ! JE CROIS QUE JE SUIS COMPLÈTEMENT GUÉRIE !
LE PLUS VITE POSSIBLE...

JE VOUS REMERCIE POUR VOTRE BIENVEILLANCE !
ALORS QUE SORANG LE TROMPAIT AVEC SES PAROLES…
UNE IDÉE TRAVERSA L'ESPRIT DE LEE HEON.
EN FAIT, SORANG, MAINTENANT QUE TU EN PARLES, JE NE SAIS PLUS TROP.
JE NE SAIS PAS POURQUOI MON REGARD…
EST SI SOUVENT ATTIRÉ PAR TOI.
SORANG SE RENDRA COMPTE UN PEU PLUS TARD DES PENSÉES TROUBLANTES DE LEE HEON !

Mariage interdit

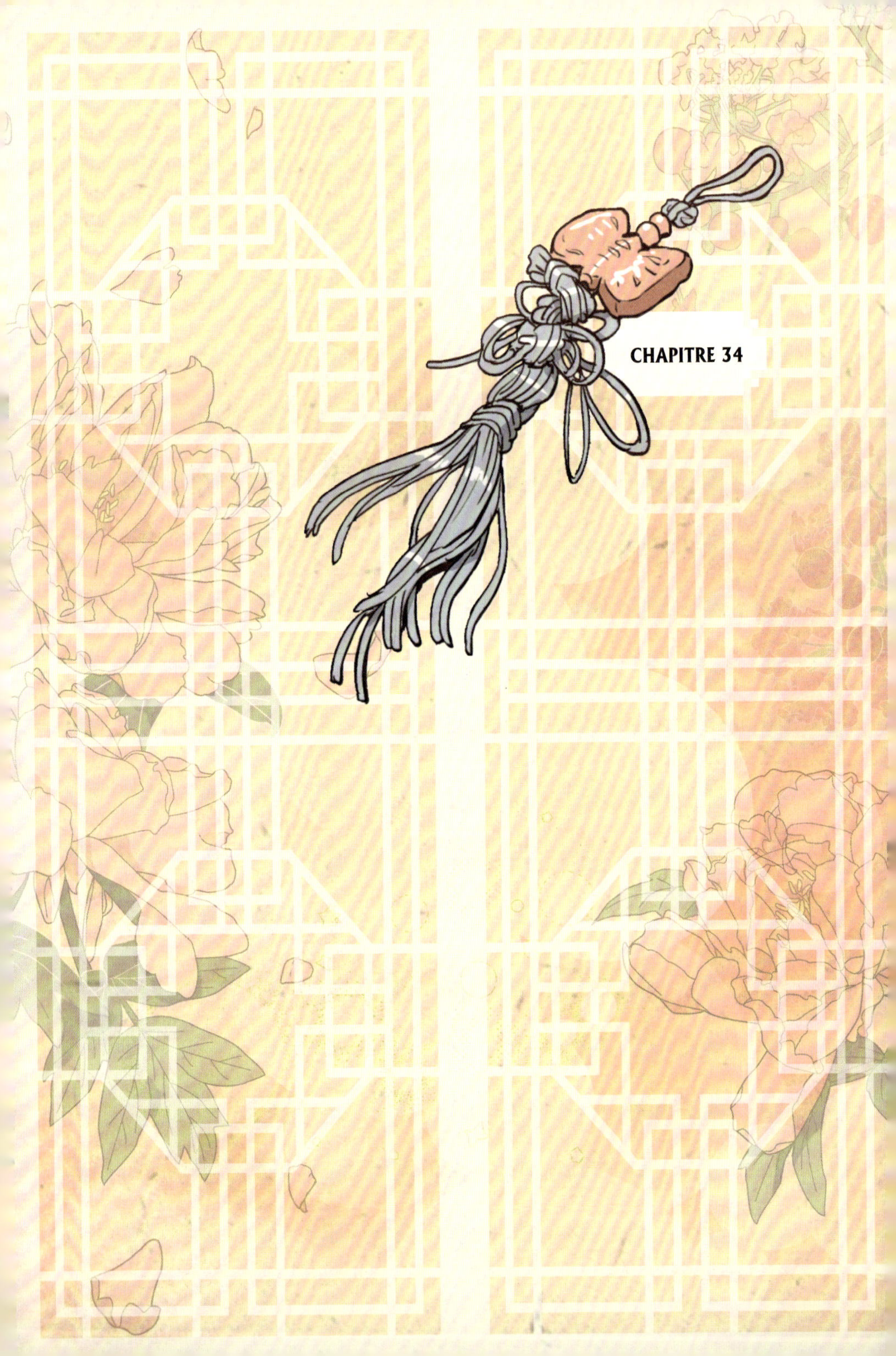

CHAPITRE 34

QUELQUES JOURS PLUS TARD...
CUI CUI
CUI
HO HO
MMH...
MMMH.
RÉFLÉCHIT
HM HM...
HM...
...

IL S'EST PASSÉ QUELQUE CHOSE ? ELLE SE SENT ENCORE MAL ?
NON. ELLE VA TRÈS BIEN. ELLE A BU AVEC GRAND-PÈRE HIER SOIR ET A DESSAOULÉ CE MATIN.
EN CONGÉ
MAIS ELLE EST COMME ÇA PARCE QUE QUELQUE CHOSE LA TURLUPINE.
MMH...
...
POURQUOI AS-TU L'AIR SI MALHEUREUSE ?
HIER SOIR...
T'ES MALADE MAIS TU BOIS TOUTE SEULE LE VENTRE VIDE.
TU N'ES PLUS D'UN ÂGE TOUT FRAIS, TU SAIS !
TSS TSS...
BREF. TIENS. UNE GALETTE DE BŒUF COMME TU LES AIMES.
MANGE AU MOINS QUELQUE CHOSE !
PAF
MERCI, GRAND-PÈRE ...

TU LE SAVAIS ?
DE QUOI TU PARLES ?
QUE J'ALLAIS ENTRER AU PALAIS.
QUE J'ALLAIS MANQUER DE PEU DE ME FAIRE COUPER LA TÊTE...
ET QUE JE SUBIRAIS TOUTES SORTES DE TRACAS ?
...
TU AS PEUR QUE LE ROI SE RENDE COMPTE DE TA SUPERCHERIE ?

CERTES MAIS… CE N'EST PAS POUR LA MÊME RAISON QU'AVANT.
QUAND JE SUIS ARRIVÉE AU PALAIS, JE NE VOULAIS SIMPLEMENT PAS MOURIR.
MAIS LÀ, JE SUIS TELLEMENT DÉSOLÉE …
S'IL APPREND QUE J'AI MENTI, IL SERA VRAIMENT BLESSÉ…
JE ME DIS QU'IL FAUT QUE JE RÈGLE LE PROBLÈME AU PLUS VITE.
DONC DIS-MOI COMMENT ARRANGER LES CHOSES.
SI TU SAVAIS QUE J'Y ENTRERAIS, TU DOIS SÛREMENT SAVOIR COMMENT JE VAIS EN SORTIR, NON ?
…
SORANG, TU…
ROUGIT
C'EST AVEC CETTE EXPRESSION ET CETTE FAÇON DE PARLER QUE TU ARRIVES AUSSI BIEN À BERNER LES GENS ?
MAIS ÇA MARCHE PAS SUR MOI.
PFF !

MAIS TU ARRIVES ENFIN À COMPRENDRE CE QUE RESSENTENT LES GENS.
PARDON ?! J'AI TOUJOURS PENSÉ AUX AUTRES SÉRIEUSEMENT, JE TE SIGNALE !
DANS CE CAS, TU DOIS TROUVER UNE RÉPONSE AUSSI SIMPLE SI TON CŒUR EST SINCÈRE !
DE QUOI A IMMÉDIATEMENT BESOIN UN HOMME QUI N'ARRIVE PAS À OUBLIER SON AMOUR ?!
JE VAIS TE DONNER UN INDICE...
FWIP
RÉPONSE SIMPLE + HOMME + IMMÉDIATEMENT BESOIN
*D'INCLINATION À LA LUXURE ?
DICTIONNAIRE : INCLINATION À LA LUXURE. [GROUPE NOMINAL] QUAND ON AIME LA DÉBAUCHE ET LE LIBERTINAGE.
RÉPONSE ATTENDUE : D'UN NOUVEL AMOUR
PLOF
PLOF
OH...! POURQUOI N'Y AVAIS-JE PAS PENSÉ ? HO HO...
A PERDU LA FOI DE DISCUTER.
...

RETOUR DANS LE PRÉSENT
ELLE VA ENCORE CAUSER DES PROBLÈMES.
EUH… SORANG. VOUS POUVEZ ME PARLER SI QUELQUE CHOSE VOUS TRACASSE.
HM…
SINWON.
AH OUI, ON SE TUTOIE.
EUH, OUI ? VAS-Y. DIS-MOI.
JE TE DEMANDE ÇA TRÈS SÉRIEUSEMENT…
VAS-Y.
QUAND EST-CE QU'UN HOMME EST LE PLUS ENCLIN À LA "DÉBAUCHE" ?
EST-CE QUE L'INCLINATION À LA LUXURE QUE TU GARDES EN TOI A DÉJÀ EXPLOSÉ ?

MMH ? T'ES UN HOMME, TU DEVRAIS SAVOIR.
UN HOMME AUSSI DÉCENT QUE TOI A DES PENCHANTS UN PEU SPÉCIAUX ?
EUH
CURIEUSE...
INTÉRESSÉ
DERRIÈRE CE SINWON EMBARRASSÉ... DE L'AUTRE CÔTÉ D'AEDALDANG...
ALLEZ, DIS-MOI.
EUH EUH
SILENCE
UNE AURA ÉTRANGE SE RÉPANDAIT...
PSHH
JEONG DOSEOK (PEINTRE)
POURQUOI AVEZ-VOUS DEMANDÉ À ME VOIR...
VOUS DEUX ?
CLANG
PSHH
HA HA ! ON S'APPELLE WANGBAE ET OH DEOKHUN.
ON VOUS A FAIT VENIR ICI PARCE QU'ON VOUS RESPECTE BEAUCOUP, MONSIEUR LE PEINTRE.
HUM... JE VOIS.
PSHH
PSHH
SURPRIS
HÉ, T'ES SÛR QUE C'EST D'UN PEINTRE DONT ON A BESOIN POUR NOTRE GRAND PROJET ?
ET PUIS, IL ÉMANE UNE DRÔLE D'AURA DEPUIS TOUT À L'HEURE...
PST
PST
CHUT ! TAIS-TOI. LAISSE-MOI EXPLIQUER.

JE VOUS EN SUPPLIE !
VEUILLEZ NOUS PRÊTER VOTRE FORCE POUR FONDER LE CLAN DES CÉLIBATAIRES !
CE N'EST QUE GRÂCE À VOUS QU'ON POURRA Y ARRIVER !
C'EST QUOI CE LIVRE ?
VLAM !
LE BOUVIE
SLUURP
HEIN ? CE N'EST QU'UN ROMAN BANAL...
REMIÈRE NUIT
!

NE NE NE... NE ME DIS PAS QUE... C'EST...
LE LIVRE LÉGENDAIRE QUI DÉPEINT EN 69 PAGES (ILLUSTRÉES)...
BOU BOU
BOUM
!
LA PREMIÈRE NUIT DU BOUVIER ET DE LA TISSERANDE...
UNE FOIS LEUR AMOUR DÉCLARÉ ?!
IL ÉTAIT DÉJÀ EN RUPTURE DE STOCK À L'ÉTRANGER AVANT MÊME SA SORTIE ! C'EST UN LIVRE RARE QU'IL EST DIFFICILE DE SE PROCURER !
TOI ! TU L'AVAIS ET TU NE M'AS RIEN DIT ?!
CRISE FATALE DU CLAN DES CÉLIBATAIRES À PEINE CE DERNIER FONDÉ !
GRR
ÇA VEUT DIRE QUE S'IL UTILISE CE LIVRE...
C'EST QUE CET HOMME EST CELUI QUI A ÉCRIT CE LIVRE...
JEONG BOGOSS ?!
RÉALISE
JEONG DOSEOK (PEINTRE) : TRAVAILLE SOUS LE PSEUDONYME "JEONG BOGOSS"

AH... AAH... JE ME TIENS FACE À MONSIEUR BOGOSS...
JE VEUX UN TAMPON (AUTOGRAPHE)... MAIS AVANT, JE VEUX LIRE CE LIVRE...
EXTASE
"LE CLAN DES CÉLIBATAIRES" EST UN CLUB POUR CEUX QUI ONT TOUJOURS ÉTÉ CÉLIBATAIRES ?
OUI, C'EST EXACT.
POUR TOUT VOUS DIRE, NOUS ÉTIONS DES CÉLIBATAIRES LAMBDAS IL Y A ENCORE QUELQUES JOURS, MAIS ALORS QUE NOUS ÉTIONS DANS LA MONTAGNE...
NOUS AVONS RENCONTRÉ PAR HASARD LE ROI.
OH... VOUS AVEZ VU LE ROI ? JE VOIS. À QUOI RESSEMBLAIT-IL ?
CONTRAIREMENT AUX RUMEURS QUI LE DISENT DÉMENT...
IL ÉTAIT RAYONNANT !
光人

COMMENT QUELQU'UN AVEC UNE TELLE APPARENCE PEUT-IL INTERDIRE LE MARIAGE ?!
JE N'EN PEUX PLUS DE VOIR CERTAINS AVOIR TOUT, ALORS QUE LES CÉLIBATAIRES N'ONT QUE LEUR TRISTESSE POUR EUX.
BAM
BAM
FURTIVEMENT
C'EST POUR ÇA QUE J'AI FONDÉ LE CLAN DES CÉLIBATAIRES !
PITIÉ, MONSIEUR LE PEINTRE ! NON, MONSIEUR JEONG BOGOSS ! AIDEZ-NOUS !
AVEC VOTRE TALENT, NOUS ARRIVERONS À RASSEMBLER DE NOMBREUX CÉLIBATAIRES !
BOBOUM
BOBOUM
OUVRE
EUH... MONSIEUR !
SURSAUTE
NOUS AVONS D'AUTRES CLIENTS ICI. POURRIEZ-VOUS BAISSER UN PEU LE TON ?
PRENEZ PLUTÔT DE CE THÉ TOUT CHAUD.

SOURIT
CRISE CARDIAQUE
HO HO ! J'AI TROUVÉ MA MÉTHODE !
CRISE CARDIAQUE
!
AAAH !
JE N'AI PAS ENCORE REGARDÉ ! PAS ENCORE !
!
FWIP
POF

- UN TEXTE ET DES IMAGES, CE N'EST PAS PAREIL ! -

CHAPITRE 35

L'OBJET POUR MON ÉPOUSE.
AVANT QUE MON CORPS NE SE COURBE.
L'HISTOIRE À 18 CARATS.
JE VOUS PRENDS TOUT !
SI VOUS EN AVEZ D'AUTRES À ME CONSEILLER, ALLEZ-Y !
VOUS ÊTES VRAIMENT INCROYABLE, CHER PEINTRE !
CE SONT TOUS DES LIVRES QU'IL EST DIFFICILE D'OBTENIR PUISQU'ILS SONT EN RUPTURE DE STOCK.
N'EN PRENEZ PAS TROP !
BIBLIOTHÈQUE PERSONNELLE DE JEONG DOSEOK
ROH ! CESSEZ VOS GRANDS AIRS.
NE SUIS-JE PAS EN TRAIN D'AIDER VOTRE PASSION À BRILLER ?
CELA VOUS PERMET D'ACCOMPLIR UN GRAND PROJET !
SI VOUS NOUS AIDEZ, JE VOUS DIRAI CE QU'AIME HAEYEONG.
ARGH !
SURSAUTE

JUSTE AVANT, AU AEDALDANG
JE DÉTESTE LES PERVERS ! BERK !
N... NON ! CE N'EST PAS... A... ATTENDEZ !
VENEZ AVEC MOI !
TIRE
JE DOIS LEVER LE MALENTENDU !
EUH... DANS CE CAS, REGARDEZ AUSSI SUR L'ÉTAGÈRE DU DESSUS.
MERCI, M. LE PEINTRE.
...
LE PEINTRE JEONG BOGOSS...
MON GRAND-PÈRE M'EN A DÉJÀ PARLÉ, PAR LE PASSÉ.
LE GRAND-PÈRE
UNE PERSONNE AURAIT CRÉÉ UN LIVRE POUR EFFACER LA TRISTESSE...
DES HOMMES ET DES FEMMES DE JOSEON, LASSÉS PAR CETTE LONGUE INTERDICTION DE MARIAGE.

PUISQU'ON POUVAIT L'APPRÉCIER SANS AVOIR BESOIN DE SAVOIR LIRE, IL ÉTAIT INCROYABLEMENT INFLUENT PARMI LA POPULATION…
ALORS C'ÉTAIT CE GENRE DE LIVRE, PAPI !
DIRE QUE LES HOMMES DÉPENDENT DÉSORMAIS DE CES LIVRES ILLUSTRÉS MALSAINS !
SE DEMANDE S'IL DOIT L'ARRÊTER POUR CORRUPTION DES MŒURS.
SINWON ! LEE SINWON !
QU'EST-CE QUE TU PENSES DE ÇA ?
OH
SO…
BA BOUM
SORANG…
TU PENSES QUE ÇA PASSERA L'INSPECTION ET QUE JE POURRAI LE FAIRE RENTRER AU PALAIS ?
T'ES INSPECTEUR, NON ?
BABOUM
POURQUOI ME FAITES-VOUS ÇA ?!

MOI AUSSI...
MOI AUSSI, JE SUIS UN HOMME !
DLING...
...

EH BEH…
MES MAINS S'ENNUYAIENT TELLEMENT QU'ELLES ONT FINI PAR EN FAIRE UN.
PAF
RATÉ
JE SAIS FAIRE QUELQUES NŒUDS PAS MAL !
REGARDEZ. IL SUFFIT DE FAIRE COMME ÇA.
…
CETTE PETITE…
JE ME DEMANDE SI ELLE S'EST REMISE DE SA MALADIE.
CLANG
SURSAUTE

QUE…
FWIP
OUVRE
BOUM
BOUM
QUEL EST CE BRUIT, SEJANG ?
EXCUSEZ-MOI, MAJESTÉ.
SORANG… EUH NON, LA FEMME DE CHAMBRE SUNA EST ICI…
SORANG ?
DÉPÊCHE-TOI DE LA FAIRE ENTRER.
NON, EUH…
CURIEUSE
CURIEUSE
C'EST QU'ELLE A AVEC ELLE UN OBJET QUI POURRAIT CONTREVENIR AU RÈGLEMENT DU PALAIS DONC…
MAJESTÉ ! C'EST MOI ! JE VOUS APPORTE QUELQUE CHOSE DE PRÉCIEUX.
VEUILLEZ OUVRIR LES PORTES, VITE !
À LA HÂTE

CE SONT...
DES LIVRES, NON ?
OUI, MAJESTÉ.
CE SONT DES "LIVRES PROVOCANTS".
PROVOCANT 煽情
ADJ. QUI INCITE AU DÉSIR CHARNEL.
SI C'EST CELA, JE SUIS CELUI QUI A LE PLUS BESOIN DE CE GENRE DE LECTURES...
DES "LIVRES PROVOCANTS" ?
?
FLAP
POURQUOI SEJANG N'A-T-IL PAS VOULU TE FAIRE ENTRER...
PROVOCANT 挑戰
ADJ. QUI A POUR EFFET OU POUR BUT DE PROVOQUER UNE RÉACTION.

QUE...
PAF
C'EST QUOI, ÇA ?!
CE... CE GENRE DE VULGARITÉ...
ROUGIT
CE SONT DES LECTURES QUI PERMETTENT AU PEUPLE DE ROMPRE AVEC LA MOROSITÉ.
C'EST POUR CELA QUE J'AI VOULU VOUS EN APPORTER.

N'ÊTES-VOUS PAS...
RESTÉ SEUL BIEN TROP LONGTEMPS ?
SI VOUS NE VOUS INTÉRESSEZ PLUS AUX FEMMES, VOUS SEREZ DE PLUS EN PLUS INSENSIBLE AVEC LE TEMPS.
C'EST...
UN FAIT QUE J'AVAIS OUBLIÉ...
MAJESTÉ...
JE SUIS VENUE AU PALAIS POUR METTRE FIN À L'INTERDICTION DE MARIAGE.
PARCE QUE J'APPRÉCIAIS LES MOMENTS AUX CÔTÉS DU ROI.
J'ESPÈRE QUE CES LIVRES PERMETTRONT DE RANIMER LA FLAMME DE VOTRE CŒUR BRISÉ.
ET QU'AU PLUS VITE...

VOUS TROUVEREZ UNE NOUVELLE REINE.
OUI…
QUAND LE ROI DONNERA L'ORDRE DE CHERCHER UNE NOUVELLE ÉPOUSE…
MON RÔLE AU PALAIS PRENDRA FIN.
D'ACCORD.
TU M'AS DONNÉ CE GENRE DE LIVRE POUR QUE JE RETROUVE MON INCLINATION À LA LUXURE ET AINSI REMPLIR TON DEVOIR ?
MAJESTÉ ?
CETTE VOIX…

CE TYRAN QUI N'EN FAIT QU'À SA TÊTE N'AIDE EN RIEN SON PAYS.
ALORS IL LUI SUFFIT DE LIRE ÇA POUR S'ACCOUPLER AVEC N'IMPORTE QUI ET FAIRE NAÎTRE UN SUCCESSEUR ?
MAJESTÉ !
CE N'EST PAS CE QUE JE VOULAIS DIRE...
BAM !
SILENCE !
SORS !
JE N'AI MÊME PAS ENVIE DE TE VOIR !
...

MADEMOI-SELLE…
NE VOUS L'AVAIS-JE PAS DIT ?
NE VOUS AI-JE PAS DIT QUE LE ROI SERAIT IMPASSIBLE FACE À CE GENRE DE LIVRES ILLUSTRÉS ?
SI…
JE CROIS QUE J'AI ÉTÉ TROP PRESSÉE.
…

POURQUOI…
ME SUIS-JE AUTANT ÉNERVÉ ?
CE N'EST POURTANT EN RIEN DIFFÉRENT DE CE QUE ME RABÂCHE SEJANG D'HABITUDE.
MAIS… CE QU'ELLE A DIT… SEMBLAIT SONNER COMME UN DÉSIR DE PARTIR RAPIDEMENT D'ICI…
NON, NON. CE N'EST PAS ÇA. ELLE EST VENUE ICI AVEC CES CHOSES BIZARRES POUR S'AMUSER.
REGARDE
…
HEIN ? ELLE N'EST PAS REPARTIE AVEC ?
TOURNE

- LE RESPECT DES PRÉFÉRENCES -

À SUIVRE...

Mariage interdit

SI JAMAIS VOUS DÉCOUVREZ CE MANHUA À PARTIR DE LÀ...
JE VAIS VOUS DÉSHABILLER MAINTENANT.
BIEN...
TAC
JE SAIS QUE LA SITUATION POURRAIT PRÊTER À CONFUSION.
VSH
MAIS, CETTE SCÈNE N'EST...
PAS DU TOUT CE QUE VOUS IMAGINEZ.

Dites-moi, Princesse !

Dessin : SPOON — Œuvre originale : PLUTUS

Au secours, je dois échapper à mon père !

Athanasia est fan d'un roman dont l'héroïne porte le même prénom qu'elle. Un jour, elle se réveille dans le corps d'un bébé… qui n'est autre que la princesse Athanasia ! Renaître dans la royauté, pourquoi pas ? Mais elle connaît cette histoire et elle est destinée à mourir à 18 ans de la main de son propre père ! Afin d'échapper à son bourreau, elle grandit sans se faire remarquer et planifie sa fugue du palais impérial. Mais lors d'une escapade, elle tombe par accident sur son père qu'elle n'avait jamais rencontré ! Froid, imperturbable et cruel, Claude ne la voit que comme un parasite. Pour survivre, Athanasia tente le tout pour le tout : amadouer le terrible empereur en étant la plus adorable des filles !

Tantôt drôle tantôt dramatique, cette série fera fondre votre cœur !

SÉRIE EN COURS

KBOOKS

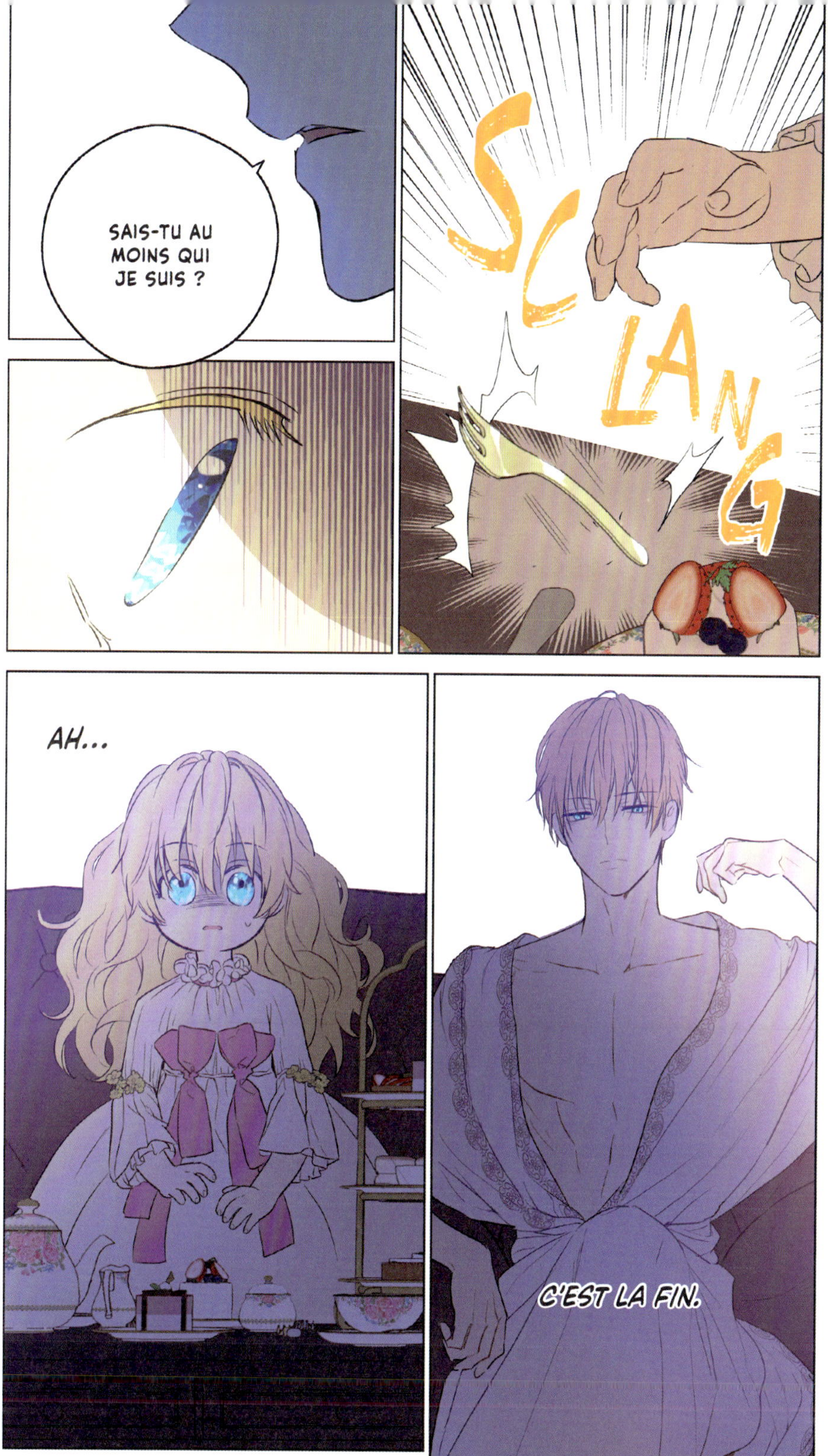
SAIS-TU AU MOINS QUI JE SUIS ?
SCLANG
AH...
C'EST LA FIN.

BLING
HILLIS... COMMENT...?
ELLE MAÎTRISE LE POUVOIR DE FLORAISON !

INA
Original Story by Yuna

The Abandoned Empress

La nouvelle romance fantastique de la collection Kbooks

Depuis sa naissance, Aristia a été élevée dans un seul but : devenir la future compagne de l'empereur, l'aimer sincèrement et l'assister dans son travail. Mais tout s'effondre lorsqu'une mystérieuse jeune fille venue d'un autre monde apparaît et lui ravit sa place. Humiliée et délaissée, Aristia devient le souffre-douleur de l'empereur… jusqu'à être condamnée à mort. Alors que la sentence est exécutée, l'impératrice déchue se réveille non pas au paradis… Mais sept ans dans le passé ! Et si le destin lui avait donné une seconde chance ?

Porté par des graphismes somptueux, *The Abandoned Empress* a déjà conquis le coeur de milliers de lecteurs à travers le monde !

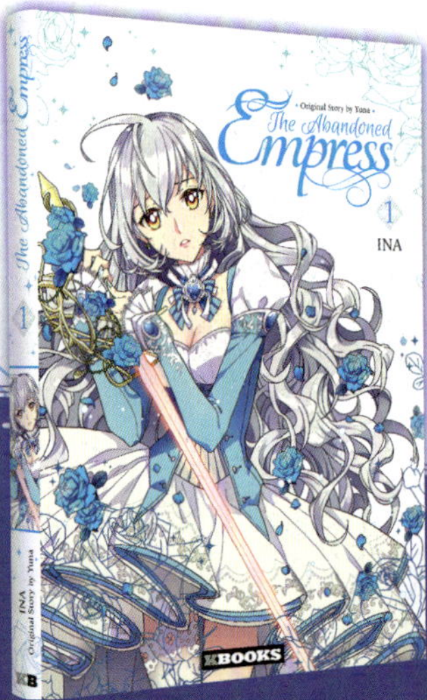

SÉRIE EN COURS

KBOOKS

Mariage interdit

Le mariage interdit vol.2

French translation author: Diane Wagner
French translation rights arranged with Naver Webtoon
Corporation through Orange Agency Co., Ltd

Directeur de collection : Pascal LAFINE
Coordinatrice : Lina LIANG
Supervision éditoriale : Léna PANZANI
Assistante éditoriale : Zina DERRAZ
Relecture-correction : Victoria JUILLARD
Maquette et lettrage : Studio Charon
Conception graphique : Yohan JULIEN

Ce volume contient les épisodes 17 à 35.
Dépôt légal : février 2025
ISBN : 978-2-38288-216-0

Imprimé et relié en janvier 2025
par Rotolito S.p.A., en Italie.

Groupe Delcourt - KBOOKS -
8 rue Léon Jouhaux 75010 Paris

www.editions-delcourt.fr